十歳より上になることなどなかったかのように
深い渓谷に沿ってのびるその道が
十歳を超えた彼女を見ることを望まないかのように
あたかも彼女の生がその年に
[illegible]に捉えられてしまったかのように

初期詩篇 Ⅰ

初期詩篇 Ⅱ

詩集〈恋人たち〉から

評論

詩人論・作品論

装幀・菊地信義

詩篇

初期詩篇 I　1952〜1955

別離

　雪の街を行くふたつの影
　影はかわる　影ははなれる

少年と少女のなつかしいからだが
しずかに　決然と
夜空をもってしても止め得ない法則で
はなれるとき

　光る水　崩れ落ちた城壁
　いつか重なりあった　生活と知

木々の梢に輝くものたちの呼び声よりも
ああ　共に生きたことの美しさで
謙虚に湿った手と指とが
呼びあい　叫びに裂けるとき

　雪の街を行くふたつの影
　影はかわる　影ははなれる

もう秋だ

　光の塔がのぼる
　もう秋だ

きみの仕事が終わったら
それこそいい面《つら》の皮だ
一日じゅう一緒にいたのだ
一日じゅう一緒にいた
不思議な唐突ではないか

野原の果てに霧がかかる
きみの順番をくるわせたら

不興げなしろい顔ももっともだ
だがはじめから何でもなかった
何だかんだと何でもない

でこぼこ山のふもと三角山
じぐざぐ道のどんづまりで
犬どもがほえたてる
きみの仕事が終わったら
それこそいい面の皮だ

光の塔がのぼる
もう秋ではないか

自然風景

風景が人間にみえたり
人間が風景にみえたり　いろいろする
そして樹のなかに丸や三角が

蒼白い電光が　まるかったきょうの日をつらぬく
電光から生まれた　あすのないきょう
空の微塵に散って去れ！

おお海辺の琥珀よ　わたしをどこへさそうのか
風景の終わり　切っ先たかく
港の灯さえざえと　砂地をなめす

波

こぼれる月光を背に浴びて木陰を歩む蛇のように
波は海のおもてをたゆたいながら月光にきらめく
そよ風がやわらかな香りをおくってくる

ときどききらりと光る　ほとんど光の断片のようだ
けれどそれは水であり　青々とした
岸辺らしいものさえ遠くに見える

わたしの視界のなかで
それが心臓の鼓動のようにやすらかに
なにかに向かって波うっている

遠い日　わたしはどこかでそれを見た
波間からうまれたわたしの日々
うちよせてくる鼓動をわたしはきいた

風のなかへ

つなぎあった手のすきまから
たいせつなひとのいのちが
つめたい風のなかにおちこんでしまい

またべつのところでは
おさなかった愛が死にたえる
しずんでいく舟のように

ろうそくの火をふきけすように
愛が死に　いのちがたえる
生きのこったものはどうしたらよい？

ああ　わたしはこごえる
わたしはくるしい
わたしには力がない

わたしは風のなかへ降りていく

花

死んだ妹に

石のアーチの奥で　花々がしおれる
そして雨のふる日
孤独の人は窓辺からきえた

無にかえった花々の庭で　うつろが笑う

笑いと　うつろと　のこされた物たち
哄笑が　腹の空洞になりひびく
石のアーチの奥で　肉体がただれる
こばまれたからだ　おき去りにされた心が
夕ぐれ　頭をおとす

梨

東北の畑から生まれてきた
クリーム色に熟れた西洋梨よ
おまえは汽車のなかでもまれたのか
鉄の手すりで傷つけられたのか
おまえの柔らかな肌には
赤い疵あとがついている

わたしは長旅を思わせる
その疵あとをじっと見つめる

するとおまえが育った
果樹園の様子がよみがえる
遠い山々は雲にかくれていただろう
空は暗く　町は長雨に閉ざされていただろう
稲も実らなかった今年の夏
おまえは青く固いこどもの姿で
紙の衣に包まれて
はるかな山の向こうの青空を夢見ていたのか

わたしはおまえを
郷里から戻ったひとりの友にもらったのだ
おまえの薄色の重いからだが
わたしの手に手渡されたとき
たよりなげなおまえの肌が
なにかを語った
それは北国の少年と少女の物語だったかもしれない

わたしはそのとき
バスの手すりにもたれていた

ひとりの妊婦のことをかんがえていたのだ
席をゆずってくれる人もなく　おもたげに
午後の光を孕んで走るバスのなかで

わたしはおまえのへたをもってむいていく
その疵口を癒してやる
するとわたしの指のしたから
つややかな果肉があらわれる
なにもしらないからだ
しろい無疵のこころが——

ナイフのひと突きでたちまちやせ細る
おまえの果肉を口に入れると
春の雪のように溶けて　流れて
おまえは消えた
はるかな欲望の味を
舌にのこして

バスの座席に

バスの座席に座っていると　隣に不快なかたまりを感じた。馬鈴薯のつまった重そうな買物袋だった。それは女子大学前で降りてしまった。見ると若い女だった。

向かいの席ではとがった意識が背広を着て座っていた。わたしはその男の意識のしたに入りこんだ。就職票や若干の数字や肉体女優の裸写真などのごたごたしたなかで

わたしは柔らかいクッションに頭をもたせて脚を組み眼をつぶった。そこは快適でなくもなかった。

赤いオースティンの会社の前で男が降りるとき　かれはちょっと笑ったようだった。あわてて振り向くと　いつのまにかかれはさっきの若い女と連れ立っていた。二人はすまして行ってしまった。

衝撃がきてバスが急停車し　わたしのからだは一メートルも前に投げ出されていた。車掌のあやまる声を聞きながら車の前方を見ると　道路の上にはオースティンの最新車と馬鈴薯のつまった買物袋が転がっていた。

背中

穴倉に似た教室の隅の席で　少女はゆっくりとからだを動かす。

鉛筆の背中をナイフでけずって　名前の代わりに英語の単語が書きつけてある。手垢でよごれた鉛筆の木肌。テストの時間　この鉛筆は彼女の助けになるだろう。かき消してうすぎたなくなる彼女の答案。

彼女は座っている。休み時間のざわめきのなかに置かれた彼女の赤い筆箱のように　重々しく　脆く。肉付きのいい彼女の浅黒い背中。

厚みのある背中を彼女は誇った、はなやかな少女たちの環のなかで。

(場末の映画館。埃を集める彼女の背中。脂汗が光る。指が動く。)

彼女は教室を出て巣のような街へ行く。そしてそこにうずくまる。

背中が並ぶ帯のような裏通り。彼女もその一つになった　埃をかぶる厚ぼったい背中たちの。

面

雲のたれこめた放課後の運動場にはひと気がなかった。鉄棒のある片隅で　一組の男女が向きあって座っている。二人とも若くはない。その渋紙色の艶のない顔には妙にこわばった皺がある。二人はなにか言いながら甲高い声で笑っている。戯れてさえいるらしい。時代離れのした黒ずんだ着物を着て風呂敷包みをもち　どこか遠い地方からやってきたように見えるが　といってはるばる息子に会いにきた田舎の両親というわけでもなさそうだ。それにしては顔色がわるすぎる。かれらの顔色は日焼けからくるものではない。それは逆に　かれらが一生のあいだほとんど日に当たらなかったことをあらわしている。かれらはなにか大切なものを失ったと思いこみ　それを捜し出そうとして（まるで落し物でも捜すように）こうしてほっつき歩いているのだ。
　ひと際けたたましく　かれらの嬌声がうす暗い情欲をくぐりぬけて響いてきた。そのとき女の顔からなにかが落ちた。それは皺だらけの面だった。面は次第に白さと若さを加えながら　際限もなく女の顔から剝がれ落ちつづけた。

祖母に

　あなたの一生にたいしてなにが報われたのか。真っ白な苔のような髪——生命《いのち》のかよった黒髪ではない。海岸の岩にすがりつき風に掃かれ　波に芯まで洗い流された苔　海藻。冷風になびきながらとどろく海音に乗って叫喚を送りよこす。

　灰色の寝巻きに包まれたあなたは眼をつぶり　柱に手を支えて立つ。朽ちはてた　白樺の枯木のようなからだ　ほとんど肉のない　ふくれ上がった足。九十年の生に疲れ　しかもなお生きることをやめないからだに　もう表情はない。蛾々たる岩の　荒地　風雨に歪んだ枯木。ああ　大地は荒れはてた。

　あきらかに露《あらわ》れた頭蓋骨にかぶさる白い皮膚に　たゆたうように微笑が浮かぶ。それは晴れた夏の日　青い波間におどるイルカの姿だ。微笑は消えない。微笑は波のあいだに　荒涼たる大地の皺のあいだに。もはや微笑ではない。いつから　誰に向かいまぶたは閉じられているのか。光がまぶしいのか。閉じたまぶたのなかで　光はなにを形づくるのか。硬く広い額骨のしたで　そこだけ柔らかい二つのふくらんだまぶた。ときどき目やにと一緒に樹液をためる。

初期詩篇　II　1956〜1966

死んだ鳥

教師が生徒の列をつれて行く。どこへ行くか生徒たちにはわからない。教師にもよくわからない。

少年は列のいちばんうしろにいた。生徒の列が石段に近づいたとき、彼は石段の上に死んだ鳥をみつけて駆けよった。

鳩が死んでいた。その体を手にとったとき、彼の手は打ちぬかれた頸筋からあふれる新しい血でぬれた。

教師のとがった視線が彼の横顔を打った。少年は鳥をかかえて立ちつくした。

彼の胸のなかにも鳥の死があった。

十年前、神社の境内で焼かれた鳥の死が……。

ビルディング

建築中のビルディングは　空間に嚙みつく巨大な獣《けもの》だ。それが包むあらゆる空間に嚙みつき（それは接合された鉄骨のあいだに格好な区分された空間をもっている）　それを包む巨大なひとつの空間に嚙みついている。それが降りつづく雨のなかにさらされていることは　その全身をのこる隙なく錆びつかせ　そのすべての関節を侵蝕する。ひとつひとつが鉄の牙をもつ口であるそれらの関節は　それらが区分するあらゆる空間に嚙みつき　それを包む巨大なひとつの空間に嚙みついている。

千の時間

階段の眼　石の眼
腕時計のなかで見張っている
千の時間！
標準型の靴のなかで

節くれだった足の眼

汗でこねられた首筋のほこり
靴にはいったひと粒の砂利
昨日の睡眠時間
珈琲店のテーブルの上で溶けすぎている氷――

馴れ合いの仮面をかぶった死が
月曜日の方から
恩給で区切られた四十年先から近づいてきて
わたしの核の無を噛む

(見せかけのこの平穏さ!)

一種無関心な入念さで
女たちが身体を洗っている
街は機械の騒音に満ちている

――おれの一生は
涙なしには語れぬ一生よ
鉄柱の陰でせむし男の
くさび型の眼が瞳をまわす

(おお　あの途方もない反逆の夢!)

だが為政者《かれら》はあの魅力ある微笑を浮かべながら
動機のない悪の仕事を完成するだろう

広場　一九六〇

かれらが筑豊からそこに来たとき
街は音もなく身をよじった
ビルディングの窓枠はいびつになり
敷石は互いにひしめきあった

八階の職場から見下ろすと
かれらは地中からひねり出た黒い塊だ

鉱石のように光る無煙炭か
全身に孔をうがたれたコークスか

地下水にぐっしょり濡れ
もえる火薬の眼をして
かれらは立っている
敷石の上　群集のただなかに

わたしは一滴の水滴となって
ざらつく外壁をつたって降りていく
わたしは群集のひとり
だからずっとストライキ中だ

わたしは自分で自分を組織する
みえないプラカードをもって
群集のなかを　わたしは歩く
おお　かれらが三池からそこに来たとき!

夕暮れ時

塀の内側に閉じこめられた風が
家のまわりをもの狂おしく吹きまくっている
庭木の枝にぴったり貼りついていた
夕焼けの真赤な垂れ幕も
いまはすっかり吹き払われ
家に入れてもらいたがっていた犬も
ようやく諦めて小屋へ寝にいったようだ
そうしてここからは見えない街からは
ときおり低い車のエンジンの響きが聞こえてくる

工事のあと

わたしたちは水溜りをまたいで通った
それでも靴を少しよごした
道にはもうシャベルも
つるはしも　運搬機もなかった

埋め戻された土に水がたまり
夜の風に一面の小じわを立てていた
下水管が埋められて
ゆるやかな　地下の行進が終わったのだ

わたしより低いところにあった手によって
ひと掬いずつ削りとられた赤土の層の底に
横たわる土管のために
筋肉と汗と　ゆるやかな行軍が捧げられたのだ

小波《さざなみ》立ついくつもの水溜りが
どこからか匂ってくる沈丁花の香りとともに
工事の終わりを飾っていた
わたしたちはその上を何度も通った

埋められた白い土管は
死んでまもない妹の死体のようだった
古い鉄管が掘り起こされ
新しい死体が埋められるこの儀式は
いったい誰が司祭しているのだろう？

夜

喘ぎは真夜中の枯草を折る。乾いた茎は犬たちのお伴をする。困惑した爪はほとんど夢中で空《くう》を蹴る。毛皮の下の気温の上昇　春は地面の上にひりひりする湿布を貼った。

喘ぎは毛布に沈んだ眼をもたげる。カーテンのうしろでひらいている眼　夜は赤い闇のなかで動悸を搏《う》つ。軌道《レール》よりも速く　行け！　行け！　時を消費せよ。

この空虚の夜は　しずかに横たわるいくつもの死体を越えていく。かつて親しかった　親しくすることもできたそれらの死体　それはわたしに贈る　細い雨がしばりあげた　回帰する甘く重い三月の土の香りを。

詩集〈恋人たち〉から

恋人たち

なぜそこにいるのだ
なぜ二人でそこに立っているのだ
吹く風と
アカシアの葉の茂みのなかに
葉のなかで　風が鳴り
夜がきみたちのまわりで
その裏切りの色を変えていく

なぜそこにいるのだ
なぜ二人でそこに立っているのだ
吹く風と
椎の木の茂みの下で
葉のなかで　風が鳴り
夜がきみたちのまわりで
その苦悩の輝きを変えていく

おおなぜそこにいるのだ
なぜそこに抱きあって立っているのだ
吹く風と
笹の葉の茂みのなかで
葉のなかで　風が鳴り
夜がきみたちのまわりで
その希望の深さを変えていく

花瓶

蕾の形につくられた赤銅《あかがね》の花瓶
──いまはそこからどんな花ばなも
咲き出ていないが
すき透るその紅さは
暁の色　かすかにひらいた
唇の色

そのゆるやかなふくらみは
燃えあがる　裸身のかたち

（おお　ひとはなぜ
さえぎられた明日に
烈しすぎる希望を賭けるのか
その魂を
花ばなの上に散らしながら）

暁の色をにじませた赤銅《あかがね》の花瓶
その内側に深まる闇は
まぼろしと
破滅をはらんで――

八月の青い子宮へ*

大通りをわたり
駅前の雑沓を眼の裏にのこしながら

住宅街へ一歩足を踏みいれたとき
わたしは樹葉の下に
一本の光る道を見た

道は傾斜地を斜めにうがち
コンクリートの白い肉に
おびただしい陽の光を集めていた
道は真夏の底にうずくまり
なにかを呼んで白熱していた

（その道の行きつくあたり
いのこずちの茂みの奥に
わたしはかわいい巣をこしらえていた
そしてそこで　手間をかけて
一羽の雛を育てていたのだ）

あくる日の午後　わたしはビルの照明のなかにいた
外へ出ると　あたりは異様に暗く
人びとは不安そうに入口の近くでささやき交し

やがて西の方から　雷鳴とともに
はげしい雨が街を襲った

雨は高架線をまたぎ　ビルを越え
裾を乱して街路に侵入した
雨はデパートの制服姿の男たちを左右に走らせ
まだ背ののびきらない少女の口から
「ああ　すごい！」という嘆声を少年の肩に洩れ出させた

駅の近くまで戻ってきたとき
雨はもう止んでいた
わたしはふたたびあの道を急ぎながら
道を見た　そして昨日陽光の下で
道がもとめていたものを了解した

道は思う存分水を吸って
荒れ模様の残る空の下に横たわっていた
ちぎれた青葉をその表面に水で貼りつけ
まだ実りきらない夏草の種子を
惜しげもなくまき散らしながら

わたしは道をのぼっていった
水をもとめて燃えていた道
陽光の道を
不安に瞳を大きくして　待つもののいる
八月の青い子宮の方へ

＊「陽光の道」改題

秋の日

真夏に生まれた赤ん坊が
野菜スープを飲みはじめるころ
彼女のまわりには
小さな笑いの波がさざめく
洗濯物を干すわたしの足もとで

落葉が鳴り
けっしてこの子を見ることのない
彼女の祖父の面影がふとよみがえる
かれは妻の実家の会社に
一生を埋めた
いま　かれの不在は
明るい秋の日射しとなって
笑っている赤ん坊の上に
惜しげもなく降りそそぐ

房総風景

木々のかたちがおもしろいな　逆光に
ぎらぎら光る道のまんなかで
子供たちがなんてたくさん遊んでいるんだ
刈ったばかりの稲のかたまり　おもしろいな
とんがり帽子　ずんぐり地蔵
あれは人間か　兵隊か　うずくまる女か　石壁か？
むっつりだまりこみ　いま会議中
一列励行かけっくらデモンストレーション坐りこみ
稲のかたまりもくもく出てくる
これは時ならぬ栄光の都
夕ぐれの太陽の遊び場だ
（都大路を歩いていけば
左右両側にてお迎えいたす藁束人形――）
太陽の最後の光よ
ためらって　ひっかかって　遊んでけ
また明日《あした》　金色の光をつれてやってきてくれ
おまえと同じ薄命の都を
また輝かせてやってくれ
おまえ　薄命の太陽よ

（『恋人たち』一九七三年山梨シルクセンター出版部刊）

詩集〈しらかしの森〉から

ふるさとまとめて

〝さち子ちゃんとりたい　花いちもんめ〟
〝なべさんとりたい　花いちもんめ〟

こごえる小鳥の日々のなかで
ほしがられていることは　すてきだ
順番はすぐに移っていってしまうとしても
校庭にめぐってくる　束の間の時
もとめられている　よろこび

けれど　わらべ歌には裏がある
花とは　花いちもんめとはなんのことか
誰もそのことを語らない
卒業を待たずに　去っていく友があり
見知らぬ土地の消印を押した　一通の手紙がある

少年たちは疲れるまでアスファルトの上でとっくみあい
少女たちは　歳月のようにお手玉を数える
そして校庭の片隅　鉄棒のあたりで
いつも仲間はずれにされていた友
その顔はよく見えない　まだ……

そろえた爪先がけり上げる　青空のかなたに
かくれた　遠いふるさとがある
幼く明るい歌声の奥に
はるかな　まぼろしの里がある
その入口に　あの友が立っている　こっちを向いて

〝勝ってうれしい花いちもんめ〟
〝負けてくやしい花いちもんめ〟
〝ふるさとまとめて　花いちもんめ〟

往きはよいよい

ここはどこの細道じゃ
天神さまの細道じゃ

妹の手は柔らかく　つめたく
子どもたちは向こうで　小路をつくって並んでいる
西日のつくる影が　地面に長く尾をひき
足もとで木洩れ日が　光りながら揺れている

ちょっと通してくだしゃんせ
ご用のないもの通しゃせぬ

地面は湿り気をふくんで　固く
石畳のふちを厚い苔がおおっている
つないだ子どもらの手は　小路をふさぎ
わたしは妹の短いおかっぱ頭に目を落とす

この子の七つのお祝いに
お札《ふだ》を納めにまいります

遠くで子どもたちを呼ぶ声が聞え
あたりには夕暮れの気配がたちこめている
手の小路をくぐっていくわたしたちのまわりで
皆はいっせいに声をそろえる

往きはよいよい　帰りはこわい
こわいながらも　通りゃんせ通りゃんせ

見まわすと　妹の姿はどこにもなく
「時」は永遠のように　ひとつの場面を地面の底に埋めこむ
いまはきっと　その長い帰り道なのだ
西日の射す道を
妹の手をひいて天神さまにお参りに出かけた午後の

山の神

産室で　わたしが鰐の姿に戻っていたとき
じっとわたしを見守っていたのは
あれは　血のけがれをおそれない
山の神　あなただったのか

部屋の隅　働いている看護婦さんの頭の向こうに
うすぼんやりと立っているのが見えたのは
あれはわたしのために山から駆けつけてくれた
山の神　あなただったのか

かつて産小屋は　海辺の砂浜や川の向こう岸
谷の内ぶところ深くはいり込んだ
湧き水のほとりにその都度建てられた
そのとき女は神に近く　神と対面しつつ子を産んだ

しらかしの森を通して日の光が射しこむ
天地根源造りの藁小屋の　砂の上で
湧き水が小川となって流れ落ちる音を聴きながら
女はせり出してくる死の岩盤に身をさらしていた

産むものをしぼり　産まれるものを押し出す
くり返し　くり返されてきた大地のうねり
女は湧き水のなかに遠い潮騒の音を聞き　自分の腰に
大地が縮みながら押し寄せてくるのを感じていた

そのとき女のすぐかたわらに来ていたのが
このくにの山や森に原初から住みついていた女神
みずから産むものであり
産まれるものすべてをつかさどる　山の神だ

泉を盛り上げ　風を吹き荒れさせるその同じ力が
女を波間に翻弄し　本源の聖なる動物の姿で岸辺に打ち
　上げる
その絶えまない波を押し返し　押し戻すとき
産まれるものは袋からしぼり出され　闇のなかを這いす
　すむ

その力の根源を知るのは　山の神　あなただけだ
氏《うじ》の神が血のけがれを嫌い　産むものを遠ざけるとき
あなただけはけがれをおそれず
山坂をこえて産むもののところへ助けにくる

時がくると　女ははじめての産衣に包まれた赤児を抱いて
産小屋の外に立つ　血の臭いを吸いとったうぶ砂と
胞衣《えな》を埋めた　大地を踏んで
背後で　産小屋に火がかけられる――

山の神　あなたは天照《あまてらす》ほど輝かしくもなく
アフロディーテのように若くも美しくもないが
若い狩人やきこりに仕えられ
狼やいたち　蛇や鳥を供としてひきつれた女の神だ

このくにの山野が破壊され　もはやなにものも産み出さないとき
あなたはわたしたちを見捨て　このくにから立ち去ってしまうのか
けがれを押しつけられてきた長い歳月
あなただけが　わたしたち女に近しかったのに

かわやの神と呼ばれ　草ぼうきに宿る神でもあったあなただけが――
あなたなしに　誰が産むものを見守り
産まれるものの生涯を知るだろう
誰が植物を繁茂させ　けものたちを殖やすだろう

神々の序列からはじき出され
昔話のなかでどんなに恐ろしい姿をしていようとも
このくにの山も　岩も　森も生きものたちも
一つとして　あなたのものでないものはないのだから

（『しらかしの森』一九八一年土曜美術社刊）

詩集〈しらかしの森〉以後

なべなべ　底《そっこ》ぬけ

　なべなべ　そっこぬけ

子ども同士　両手をつないで
ゆらしながら　うたう

　そっこがぬけたら　帰りましょ

両手のアーチをくぐって
うらがえる
と　そこにはもう
遊びのはなやぎはなく
帰らなければならない
道だけがあって

枝々の影絵のむこうには
夕焼けなんかもひろがっていて

　そっこがぬけたら　帰りましょ

歌声が木霊《こだま》のように響いてきて
わたしの子ども時代は終わっている

　なべなべ　そっこぬけ
　そっこがぬけたら　帰りましょ

詩集〈仮面の声〉から

海のなかにいる母のように

わたしの心が
もっと広くて　深いといい
海のように　海のなかにいる母のように
そうすれば　苦しんでいる子どもの
苦しみの　ひとかけらが
容れられるかもしれない
　苦しんでいる子どもの　苦しみは
　この世にあってはいけないもの
　そっと抱きとって　抱きしめてやりたい

わたしの心が
もっとゆたかで　柔らかだといい
海のように　海のなかにいる母のように
そうすれば　傷ついている子どもの
凍りついたなみだの　ひとしずくが
溶かせるかもしれない
　傷ついている子どもの　凍りついたなみだは
　この世にあってはいけないもの
　そっとすくいとって　溶かしてやりたい

わたしの心が
もっとはげしく　荒れくるえるといい
海のように　海のなかにいる母のように
そうすれば　苦しんでいる子どもの
怒りといっしょに
荒れくるえるかもしれない
　苦しんでいる子どもの　つめたい怒りは
　この世にあってはいけないもの
　どこまでも　荒れくるわせてやりたい

海のなかに　母はいるのか
母のなかに　海はあるのか
わたしの心が

もっと広くて　深いといい……

銀の町タスコへ

メキシコにて

草原で　竜舌蘭が舌をたらしている
やせた羊が歩いている
少年がロバに乗って通りすぎる

道ばたで　二人の女がイグアナを売っている
木の上に　刈りとられた穀物が積んである
農民の家々は破れている

教会堂の黒い聖母は
なんといって人びとを慰撫するのだろう
藤色の　季節の花が白壁を飾る　銀細工の町で
みやげ物を売るインディオの少女たちの眼は
わたしの顔をのぞきこむ　そしてわたしに
同じ肌色をした　彼女たちの仮面を差し出してくる

マジシ・クネーネの家　1

ロスアンゼルスにて

日射しの下の
白壁の前で
双児《ふたご》の男の子が遊んでいる

水滴のはねる
半透明のカーテンの向こうに
暴力の影がある

夕焼けに染まった
椰子の並木のかなたを
ジェット旅客機が離着陸する

白壁の前で
双児の男の子が遊んでいる
神話のように

恋唄

昨日街で会ったあなたは
海の色をしていた
（海の色は
　　わたしには似合わない）
あなたを思いながら
　海を見る
　海を見る

　　あまりにも透明な海
　　わたしを溺れさせる海
　　昨日は遠かったのに
　　今日はもうすぐ近くにある海

海からきたあなたは
珊瑚礁の苦悩を語った
（海の色に染まって
　　愛しあったわたしたち）
海を思いながら
　あなたを見る
　あなたを見る

　　わたしのなかに流れ入る海
　　わたしから溢れ出る海
　　昨日は近かったのに
　　今日はもう遠くにある海

海へ帰ったあなたは
透きとおる貝がらをのこしていった
（虹の貝がらをとおして
　　わたしはわたしたちの希望を見る）
海を見ながら

あなたを思う
　あなたを思う

風のなかから

ほんとうだろうか　愛が
にくしみの底から生まれるとは
ほんとうだろうか
にくむことのできる者は
愛することができるとは
にくむ
種子がはじけるまでにくむ
切り株がくさるまでにくむ
にくしみが肉をやき
内臓を噛み
自分をやきつくすとき
ほんとうだろうか　さわやかな愛が
その灰のなかから生まれるとは
にくしみが　古い木の実のかたい殻をこわし
吹きすさぶ風のなかから
新しい愛が芽生えるとは
ほんとうだろうか
ほんとうだろうか

産む

産むという漢字は
女が坐産*をしているところを表したものだ　と
聞いたことがあったかなかったか
原子力発電所の建った村に
わずかにのこされた産小屋で
年老いた女が
繰り返してきたお産を語る
天井からたれ下がる一本の力綱
砂の上に向きあうように積み上げられた
二十四個のわらの小束

女はそのわら束にもたれかかり
綱をつかんで　からだを浮かした
日本海の鈍色《にびいろ》の波が岸辺を打ち
降りかかる雪が海に消える
産道に似た道が　村を横切る
女たちはそうやって産み
産みつづけてきたのに
道はいつもあらぬ方角につづいていた
人は道に行き暮れ
分かれ分かれにされ　迷い
暗い渦に巻きこまれる
人は帰るところを失い
立ちつくす

産むという漢字のなかにある生という字は
生まれてきた赤ん坊を表したものだ　と
聞いたことがあったかなかったか
肛門のところをかかとで押すと
赤ん坊がうしろへいきたがるのが
ふせげるんだよ　と
海からだけ光のはいる産小屋で
四人の子を産んできた女は語る
小屋の前には細い川が流れていて
女はそこで米をとぎ　ご飯を炊く
　かつては産小屋を出る日
　日本海の夜明けのなぎさで
　波をかぶり　波をくぐった
　死の世界から　甦るために
女はそうやって産み
産みつづけてきたのに　その産道は
ついに原子力発電所までつづいていたのか
道の行方を見きわめてこなかったために
道は産む者と産まれる者を分かち
人は日暮れた道を一人たどらねばならない
女の産む姿を　一個の漢字のなかに
凝固したまま

＊坐産　座った姿勢での伝統的なお産

挽歌

明け方も近くなってきた
鳥の声などは聞えず
ただ年よりじみた声で経をとなえながら
一礼ごとに額を床に打ちつける音が聞える
立っては座り　座っては立つその気配も
堪え難そうだ*

式部は寺の一室で筆を走らせながら
隣室の　御嶽精進《みたけそうじ》の礼拝苦行の音を聞いていた
男たちが自らの身を苦しめて
罪とけがれをあがなっている
おぼろになっていく意識の底で
彼女は遠ざかっていく山々を想っていた
かつて山は近づきやすく　女も男も共に受け入れてくれた
卵の形した山々には　月がこもり
人びとは春に秋に山に遊び　山につどった
いま男たちの行く山は　嶮《けわ》しく
その山頂は　女を拒む
巫女の打つ鼓《つづみ》の音も聞こえない

式部は薄闇のなかで筆をとり直しながら
女たちの行く末を想っていた
男と女のあいだに　愛はあるのか
男たちの姿が見えなくなっていく
岩かげに　霧のかなたに消えていく
女たちを影のなかに置き去りにして

たそがれていく時代の底で
式部は幻の　鼓の音を聞いていた
長くつづいた原初の時が終わろうとしていた
人びとが共に生きた時代
産むことが生を豊かにした時代
卵の時代が

＊源氏物語　夕顔、円地文子訳

アフリカ流井戸端会議

南アフリカからきた女《ひと》と　わたしはある日
みどりの風の吹く部屋で
ビーズ飾りに値段をつける仕事をした
駝鳥《だちょう》の卵の殻でつくった
青や赤の首飾りは
彼女の褐色の肌の上で
澄んだ深い色合いを帯び
入りくんだ色模様が
南部アフリカのそれぞれの社会の言語《ことば》を語る
手先を動かしながらつづけた　女ばかりの
とめどないお喋り
男たちのうわさ　子どもの話　料理の秘訣
細部から　細部へとわたる
とめどない　とめどないものがたり

窓からはいってくる相模《さがみ》の風は
いつしか草原を渡るアフリカの風となり
わたしたちは草葺きの円形家屋のかたわらの
涼しい大木の木蔭で
輪になって坐っていた
遊びまわる子どもらの声　地底から
疾走するガゼルの群れの足音も響いてくるようだ
駝鳥の卵の殻でつくった
黄ばむことのないビーズの玉は
わたしの淡褐色の肌の上で
しっとりと　暑さを吸いとり
そこにはもはや　追放されて
故郷《くに》へ帰れない夫もなく
殺された友達も　やせおとろえた子どもらもなく
それらすべてをもたらした
外国人の支配もなかったかのようで
年寄りも　男たちも戻ってきていて
廻し飲みの壺はいきわたり
アフリカの大地の赤い土は

午後の光と風のなかで
戦士の羽根飾りのように舞いあがり
木は千年の時間のなかで
永遠に向かって立ちつづける

気がつくと　降りそそぐ相模の蝉しぐれが
わたしたちをとり囲み
（部屋には　団地の高みから飛び降りた
在日の少年の記憶が満ち満ちていて）
わたしは　南アフリカからきた女《ひと》と
みどりの風の吹く部屋で
ビーズ飾りのひとつひとつに値札をつけながら
はじめての　アフリカ流井戸端会議の言葉しぐれに
わが身を浸しているのだった

背広

駅の工事現場に立つ
プレハブの作業場には　いま
丹沢山系の夕焼けが住みついていて
窓際に　背広の上衣がひとつ
さっきまでそのなかにいた男の
疲労の形をしてぶら下っている

ふり返ると
すでに夕焼けは　去り
浅黄色の螢光燈の光が部屋を満たしていて
窓際の背広は
いまにもそのなかにはいりにくる男の
怒りの形をしてぶら下っている

堅実な末路*1

もと兵士はかたる

古い枕木でつくった柵の前で
夏の終わりのカンナの花は見つめていた

列車の破った窓ガラスから
背嚢《はいのう》*2をねじこみ
おんな子どもを押しのけながら
故郷《くに》へ　故郷《くに》へと帰っていく
おれたちの堅実な末路を
健康　家族　財産　人生
すべてをおれたちから奪いつくして
国家《くに》は戦争に敗けた
だからおれたちの末路は
堅実であらざるをえない
米をつめこんだ背嚢に
軍隊毛布をしばり上げ
窓からおしっこを放出しながら
ひらすらに故郷へと帰る……

貧血の田畑に照りつける日射しの下
コールタールの臭いをたてる
黒い枕木の柵の前で
咲き乱れるカンナの花は見つめていた

本庄　岡部　深谷　熊谷
高崎線のつめたく固い線路の上を
おれたちの堅実な末路をのせて
ひと駅ひと駅停車していく
超満員列車を

ともにくにと呼ばれる
故郷と国家
その足し算と掛け算の仕組は
支配者《かれら》の手ににぎられている
故郷はおれたちを追い立て
国家はおれたちに虐殺を命令した
二つのくにのあいだには
おれたちの身体がもぐりこめる
暖かいすきまなどはどこにもなかった

かれらはおれたちに
忘れることをすすめる
だがおれたちは忘れない

あの残虐な太陽の下の
カンナの花が見たものを
長い侵略の道の果て
解体された軍隊から
おんなや子どもや老人たちを見殺しにして
おれたちがついにたどった
堅実な　堅実な末路のことを

＊1　堅実な末路　赤いカンナの花ことば
＊2　背嚢　軍隊で徒歩部隊の将兵が背負う袋

（『仮面の声』一九八七年土曜美術社刊）

詩集〈風の夜〉全篇

風の匂い

卵だったときに抱かれていた
水の匂いに惹かれて
鮭が故郷の川に戻ってくるように
わたしは風の匂いに導かれて
生まれた土地に戻ってきた

鮭が卵だったとき抱かれていた　水の匂い
わたしが卵だったとき吹かれていた　風の流れ――
ひとり　ということの
いまもまだ理解することのできない
意味を生きることに疲れて

揺籃が産褥の床となり
死のしとねになるという

鮭の至福からは遠くはなれて
わたしは帰ってきた
うつろな母の家に

そこがわたしの終《つい》の棲家だと
誰がわたしに告げたろう?
だがわたしが帰ろうとしていた
母の胎は　もはやない

わたしはそこに戻ろうとしていた
死ぬための　墓として
もう一度そこから生まれるために
ころさずに　やり直させるために
母を産むために

見出された小路 1

いちいの木のかげに
その小路はかくれていた
滝のしぶきは昔と同じように砕け
川の水も流れつづけていた

いちいの木だけが
巨木になり　ただ
あのときつけていた
赤い実をつけていなかった

誰も歩かなくなった小路に
子どもの足音が消えのこっていた
すでに世界と和解するすべを失くし
ひとつの異物となっていた子ども

誰もそのことを知らなかった
ただその子だけが知っていた

風も　森のざわめきも
その子には触れずに通りすぎた

いま　その小路を
ひとりの女の子が登っていく
そのうしろ姿を目で追いながら
わたしも小路の奥へとはいっていく

妖精たち

北の国の森の窪地は
妖精たちのふるさとと
たとえば——

牝牛のお腹《なか》に忍びこみ
お乳を真っ黒に変えてしまう
いたずら好きの小鬼たち

わたしが生まれた家の
天井の高い書斎の本棚から
あの小鬼たちはとび出してきたっけ

かれらが困らせるのは
農家の意地わるの小母さんだったか
それとも正直者のおかみさんだったかしら?

あれから負けいくさがつづき
本はどこかへいってしまい
わたしは物語を忘れてしまった

でもお前たちがいたことだけは憶えているよ
茶目っ気と　悪意をもった
陽気ですばしっこい妖精たち

悪を知りはじめていた女の子に
かれらは青い固表紙の本のなかから
そっと仲間同士の合図を送ってくれた

わたしの傷ついた脳の上で
とんだり跳ねたりでんぐり返りをしたりして
不思議なリズムを響かせてくれたっけ

見出された小路　2

からすうりの首飾りと
さびた鉄梯子に守られて
その小路は半世紀のあいだ
人の目から隠されていた

大谷石の踏み石に
幼い下駄の音は響かず
格子縞の日傘をさした
女の子の姿はなかった

椎の老木は　苔むして
踏まれていなかった土肌には
草が生え　草が枯れて
しとねのようになびいていた

その小路に座りこむと
乾いた土の肌ざわりを通して
ひそかに立ち昇ってくるものがある

わたしの一生は
この小路で遊んでいた少女の
夢だったのだろうか

風の夜　母に

庭に　妹の遊んでいる気配を感じながら
わたしと同じ齢《よわい》をもつ
古い家の居間に坐っていると
心はいつか　戸口のほうへむかう

聞こえないその人の足音を聴き
扉のあく音
張りのある声に耳を澄ます……と
帰ってこない　ということばが唇を形づくる

とり戻せないものがあることを深く知りながら
わたしはその人の帰りを待っている
かつて待っていた同じ部屋　同じ心で

庭木を鳴らす風のざわめきに洗われながら
わたしは呼ぶ　戻ってこい……みんな
わたしのところに

母を抱く

顔は昔に戻って美しかったが
魂はそこにはないように思われた

だが骨壺を抱いたとき
母を抱いた　とわたしは思った
　母を抱くということの逆説のなかに
　わたしのすべてが凝縮していた

五日目の明け方　はるかな雲の道を
母が歩いていくのをわたしは見た
自分の使命へむかってか　それとも
母の母のいるところへか

少し前こごみになって　脇目もふらず
むかし母が歩いていたときと同じように
それが　わたしが母の姿を見た
最後だった

昔の庭

昔の庭に昔の花が咲いていた
昔の庭に昔の家はなくなっていて
夏休みの終わりの畳の部屋をまわっていた
銀蠅の羽音も聞こえなかった

昔の庭に昔の花が咲いていた
昔の庭から昔の人は消えていて
白衣を着てメスをにぎっていた
やさしいお姉さんの姿も見えなかった

昔の庭に昔の花が咲いていた
昔の庭から昔のこどもは消えていて
その子の目線に沿って見ていても
その子の姿は見えなかった

水辺

その人が遠くへ行ってしまったことを知り
その人がいない世界を生きることに
慣れなければならないことを知りながら
わたしにはそれができなかった
永遠に見捨てられたのではないかと怖れながら
わたしは水辺を歩きつづけた

池には鴨がきていた
鳥たちはつがいになり
喜ばしげに羽ばたいていた
池には落日が射し　さざなみが立っていた

そのとき
母がわたしと同じものを見ていることがわたしにわかっ
た
その風景の端のほうに
わたしもいるのかもしれなかった

その人が好きだった水辺に行くと
その人に会えることがわたしにわかった
池のさざなみのなかに
その人がいることがわたしにわかった

そのあと　母はわたしのすぐ近くまできてくれた
もう顔かたちも　姿もなく
薄絹のような肌ざわりしかなかったけれど
その人がきてくれたことがわたしにわかった

神戸高等女学校*

母の心の内側にはいりこもうとして
螺旋《らせん》状の道を登っていくと
神戸山手学園への道標が見えてくる
かつて神戸高等女学校のあったところだ
校舎の窓からは　少女たちの澄んだ歌声が流れてくる

寮の朝食の前に　母が毎日駆け登り
駆け降りたという諏訪山――
山は淡い新緑の香りに満ちている
れんげつつじが崖から朱鷺《とき》色の花をのぞかせ
濃い常緑の渓谷から　滝の音が響いてくる

制服は絣がすりの筒袖《つつそで》に紺のはかま
名物校長のもとで忠孝一本の教育を受けたと
生前母は語っていた
「青鞜」発刊の秋にはお白粉《しろい》をつけてくる人たちがいて
自分はそれに反発したと

首席を争って勝った相手が
卒業後病死したことに衝撃を受け
悔みの短歌をノートに数多くしるしている
アジアの解放と飢えからの解放が生涯のテーマだったが
深い同情心と情念もまた彼女のものではなかったのか

朝食のあと　歌の発声練習をしたという
「知事官舎の裏庭」を求めて歩いていくと
不意に公園に立ち並ぶ震災被災者の仮設住宅――
男の子が蛇口に口をつけ　犬が一匹うろついていた
そこがわたしの螺旋状の旅の出口であり
母と会うことのできる場所であった

＊兵庫県立神戸高等女学校。現在の兵庫県立神戸高等学校

ことば

ことばのなかに　色があった
ことばのなかに　匂いがあった
ことばのなかに　形があった
ことばのなかに　失われた逸楽があった

わたしはことばを手でなでる
わたしはことばを胸に抱く
わたしはことばに頬ずりする
わたしはことばと　ひとつになる
そしてわたしは　ことばのなかに死ぬ
ことばの快楽《けらく》
ことばの悦楽のなかに……

はじまり

わたしたちは歩いていく
どこに目的地《ゴール》があるのか
いつはじまりがあったのかもわからなくなって
夢の虹色のトンネルを
いくつもの堰を越え
木を割くような叫び声をあげながら

いつか
たとえばある初夏の日のオレンジの木のしたで

降りそそぐ金色の莢《さや》のようなものを身に浴びながら
ふと　完璧に幸福だと思う瞬間があって
わたしはつぶやくだろう
ああ　これがはじまりなんだ　と

泉

泉の水を　汲むと
ふたつの岩のあいだから
水は愛のように　湧き出してくる

泉の水を　飲むと
見えない地中の消息が
伝言となって　伝わってくる

泉の水を　飲むと
胸のなかで水晶のかけらが
夜通し　鳴っている

無題

わたしたちが寝そべっていた
広い砂浜のベッドを
太陽は一日がかりでのぞきこみながら
めぐっていった

遠い高速道路を
車がゆっくりと進んでいくのが見え
わたしたちの愛は
急速に闌《た》けていった

明け方　水は大地を
めぐり
地平線の空は
少女の肌の　紅《くれない》に染まっていた

愛のあと

愛のあと
振り返る　と
世界はきらきらして
わたしを手招きしている
わたしはそのほうへ駆けていく

（街が焦点深度を深めるのは
　そんなときだ）

人が　忘れるために
夢を見るように
わたしはあなたのなかに　幸福を夢見る
生き直すために

愛のあと
駆けていく　と
生き生きした世界のなかに
あなたがいる

無垢な心が

無垢な心が
盗まれた

毛むくじゃらの
心盗人《ぬすっと》は　だれ？

涙の雨で　洗っても
心はもとに　戻らない

＊

無知な心が
釣り上げられた

髭もじゃの

夜釣男《よづりおとこ》は　だれ？
月の光と　遊んでも
無垢な心は　戻らない

オホーツクの夕日

逆光のなかで
水に浸かった海藻をひろう　と
実のように見えたのは
びっしり喰いついた巻貝の一種だ

夏の夕刻のオホーツクの水は
冷たくも　ぬるくもなく
水辺ではよその家族が
岩を伝って遊んでいる
齢《とし》の近い兄と妹
まだ若々しい母と父
子どもたちが親と一緒に旅をする
最後の時期だ

海面に金を溶かして
夕日が沈む　ここからは
冬の海のきびしさも
家族の未来も想像できない

ひとつの家族は　こわれ
もうひとつはこわして
いま　わたしは立っている
オホーツクの夕陽のなかに

鏡

他人という鏡に　わたしが映る
ときには素直に　ときには歪んで

他人という鏡が　わたしをとらえる
ときには着飾って　ときには裸で
わたしという鏡に　他人が映る
ときにはまぶしく　ときにはさびしく
わたしという鏡が　他人をとらえる
ときには可憐に　ときには非情に

鏡は向きあって　乱反射し
ときにぶつかりあい　そして砕ける

競馬場にて

競馬場に雨が降り出す　と
とりどりの茸が傘をひらく
ちろちろと　そのかげから
欲が燃える舌を動かしている

競馬場への案内人は
騎手のからだつきをした三十代だ
わたしはみどりの会の会員です　とかれはいった
離婚届の用紙の枠の
みどり色からきた　みどりの会
引出しにいつもそれを用意している会員たち――
郊外のかれの家では　植木鉢に
つややかな茄子やきゅうりも育っている

午後の競馬場の観客席に
とりどりに花ひらく　欲望の傘
そのふちで　ちろちろと燃えている
ぬけがけの　黄色い舌

わたしのなかの　暗い海から
たてがみを振り
胴ぶるいして立ち上がる

一頭の馬がある

天王寺動物園

都会の直線に疲れた眼に
動物たちの姿はやさしい

フラミンゴ

どんな神の定規が
きみの頸《くび》の曲線を測ったのか

ラクダ

遠い眼をしているね
砂漠が見える？

アメリカバク

夢はおいしかったか
ゆうべ　わたしの見た夢

シマスカンク

目下　留守中

シマウマ

五月の木洩れ日を浴びて
完璧な保護色

ゴリラ

十五年のあいだに
ふたりとも巨人になって

あかちゃん

やわらかな宇宙服をまとい
木いちごの匂いをさせて
もえる草むらから
おまえはくろい頭を出した

ミルク色の泉を飲み
手と足を触覚にして
おまえは大きくなっていく
くちびるに笑いをのせて

おまえはいのちのかたまり
地球上のいのちが集まって
甘ずっぱいお乳の匂う
おまえのみずみずしいからだをつくったのさ

人の顔が壁になるとき

菅井彬人さんに

人の顔が壁になるとき
あなたは人間の顔をしていた

人の顔が仲間でも　友達でもなく
しらじらとした壁になるとき

あなたは柔らかな
人間の顔をしていた

だからわたしはあなたと話をすることができた
風が木と　木が草と話すことができるように

人の顔がうつろで歪んだ人形《ひとがた》になるとき
〈権力〉が人をとらえる

民主について語るとき

あなたの顔は　花のようだ

母ごろしの唄

母をころそうとして
ことばの牙をといでいたことがあった

一撃で仕止める
咽喉もとをねらって

母なしで
生きることに決めたから

母をころさなかった自分が
哀しかった

詩のことばでは
人はころせない……

母をころそうとして
ことばの矢をつがえていたことがあった

秩序の胸もとにつきつける　一筋の
白刃になろうとしたことがあった

娘

娘のことばがわたしを打っている
思いがけないところから繰り出されてくる
刃　槍　牙　ことばの毒

はるかな時のヴェールのかなたで
わたしのことばが母を打っている
傷つけることだけを望んでいるかのように

母は一瞬わたしを見たあと

やいばを肉で包みこむように
黙ってしまった

時の境界をへだてて　いま
娘のことばがわたしを打っている
彼女自身にむけた　ことばの鞭で

コインロッカーの闇

コインロッカーに閉じこめられ
捨てられた赤んぼうよ
きみの産衣《うぶぎ》
はじめてのきみの　鉄の産衣は
柔らかすぎるきみの肌に
冷たかったたか　暖かかったたか
制服を着た男たちが
きみを外に連れ出したとき
青空の瞳は
きみにやさしかったたか

コインロッカーのなかで
コインロッカーのまわりで
わたしたちの闇は深まっていくばかりだ
コインロッカーのなかで
コインロッカーのまわりで
わたしたちの荒廃は深まっていくばかりだ
だから　きみを救う者は誰もいなかった
百円硬貨と引き換えにされた
きみの生命《いのち》は永遠に戻らない

だから　きみは赦《ゆる》さなくていいのだ
苦しんできみを産んだ一人の女を
一匹の精子にすぎなかった一人の男を
きみは赦さないほうがいいのだ
わたしたち一人一人を――
きみが拒まれたすべてのやさしさの名において
きみがもてなかった喜びの名において

きみはわたしたちを糾弾しつづけよ

わたしたちの闇が底をつくまで
きみはコインロッカーのなかにとどまりつづけよ
わたしたちの荒廃が底をつくまで
きみはそこにうずくまりつづけよ
その暗い鉄の産衣のなか
その冷たいきみの墓穴のなかで
闇を呼び集める闇となり
見えない核となって
わたしたちの文明が破滅するまで

コインロッカーに閉じこめられ
捨てられた赤んぼうよ
きみの産衣
はじめてのきみの　鉄の産衣は
柔らかすぎるきみの肌に
冷たかったか　暖かかったか
制服を着た男たちが
きみを外に連れ出したとき
青空の瞳は
きみにやさしかったか

もう二度と

もう　二度とふたたび
子どもたちが苦しむのを
見たくない
飢え　かわき
傷ついて
さすらい歩く
子どもたちを
見たくない

哀《かな》しみに似た日射しが
地球をおおうとき
わたしたちは　問いつづける

人はなぜ　うばい　争い
たたかわなければならないのか
殺しあわなければならないのか

もう　二度と
子どもたちが死ぬのを
見たくない
愛のなかで
はぐくまれ
子どもたちは
笑いながら
育つもの

いつくしみに似た日射しが
木の間《こま》を流れるとき
わたしたちは　問いつづける
人はなぜ　差別しあい
憎みあわなければならないのか

もう　二度とふたたび
子どもたちが苦しむのを
見たくない

創《きず》*1

「創造の創が「きず」だということは意外に知られていないようです。創造らしい創造をする精神は、そのいとなみに先立って、何等かのきずを負っているのではないか。*2」と
ひとりの詩人が書いているのを読んだとき
わたしはふいに　自分の心が
きずだらけなのを感じて　本をとじた
きずはからだじゅうで口をあけ
血を流していた
それが何のきずなのか
いつ受けたものなのか
さだかにはわからないまま……

わたしもまた
自らの手できずを癒そうとしてきた一人だ
生きようとして　詩をつくった
かたくなでごつごつした詩をつくった
しかしきずは癒されたのか

きずに手をつっこんで
かきまわす
拡大鏡を入れて　拡大する
薬のつもりで
毒を注ぎこむ
わたしがしてきたのは
そんなことだ

二度目にその言葉を読んだとき
わたしは自分の皮膚が
とげのように盛り上がっているのを感じた
わたしのからだは　針ねずみのように
すきまなく硬い皮膚に蔽われていた
このとげが　わたしのきずなのか
きずを隠すかさぶたなのか
わたしの心の　柔らかい肉は
どこへいったのか

――きずはついに癒されなかった
と考えるほかはない
ただ創ることを通して
きずはわたしを変容させたのだ
名づけようもない姿に

＊1　「きず」改題
＊2　吉野弘『詩への通路』

異生物

成層圏のオゾン層の裂け目から

宇宙の狂気がのぞいたことが報道された日
線路ぎわの田んぼのあぜ道に
きのこ状の異生物の群れが出現した

黒や青の巨大な頭部をもち
そこから生えた二本の足で
華麗なパレードを繰りひろげている
見ると　少女の白い脚も動いている

かれらはついに　異生物に変身して
異界と交信をはじめたのか
子どもたちの背骨をうち砕く
学校という土木作業所《アスレチック・ジム》で

受験というクラッシャー
内申というブルドーザー
校則というローラー
いじめという内部崩壊

わたしもまた　日々砕かれる
夜ごと　破片になった自分をひろい集め
人の形につくり直す
すると　わたしの朝がはじまる

南極の上空から宇宙の透明な意志がのぞき
沈黙の塔が　地上ににがよもぎを撒き散らすとき
きみたちはどうやって生きのびるのだろうね
異生物たち！

棒を呑んだ役人と

棒を呑んだ役人と
会った日は
無愛想なバスの運転手も
背の高いスーパーのレジのお兄さんも
ちびた竹箒で店先を掃いている店長も
みんな　しみるようになつかしくて

棒を呑んだ役人と
会った日は
街のさびしさが
やけに身にしみて……
さびしさがズボンをはき
さびしさがネクタイをしめ
さびしさが上着を着て歩いている

棒を呑んだ役人から
棒を抜いてみたい
棒を呑んだ役人から
抜いた棒で
自分を叩くように
役人を叩いてみたい
さびしさを叩いてみたい

棒を呑んだ役人と
会った日は

きょうだいを殺しに

わたしたちは言わなければいけなかった
日の丸の波に送られて
たたかいに行く兵士たちに
きょうだいを殺しに行ってはいけないと
わたしたちは言ってはいけなかった
お国のために立派にたたかってきて下さいなどとは
国とは何なのか
国とは何だったというのか
わたしたちは日の丸の小旗など振って
道に並んではいけなかった
やがてその人の血に染まる
千人針などを作ってはいけなかった
わたしたちは言わなければいけなかった
どんなに美しいことばで飾られようと
あなたたちが殺しにいくのは
きょうだいしまいなのだと
わたしたちは言ってはいけなかった

お国のために死んで下さいなどとは
国とは何なのか
国とは何だったというのか
わたしたちは一度でも
そのことを考えたことがあったか
わたしたちは言わなければいけなかった
きょうだいを殺しに行ってはいけないと
日の丸の波に送られて　征き
二度と帰らなかった
男たちに

花をつくるローザ

牢獄で花を育てていたローザ・ルクセンブルク
あなたは花からもっとも遠いものとたたかっていた
あなたの育てていた花が　あなたのことを語ってくれる
あなたが何に追われていたかを教えてくれる

そこに花が不在だということを
光に大枝をさしのべる　木も不在だということを
一九一九年のある夜　あなたの死体が濠に投げこまれたとき
あなたは理想ではなく　花の不在によって殺されたのだ
あなたの精神そのものだった花
そこに不在だった　花

ある女《ひと》へ

悲哀のあるところには聖地がある。いつか人々はこの意味を身にしみて悟ることであろう。それを悟らないかぎり、人生については全く何事も知ることはできない。

オスカー・ワイルド『獄中記』（田部重治訳）

すき透るような微笑《ほほえ》みを　あなたはもっていた
固まったものを溶かす微笑みを
あなたのそのやさしさに　わたしはかつて
救われたことがあった

ある冬の日の夕刻
混みはじめた小田急線の電車のなかで
わたしはあなたが座っているのを見た
あなたは苦しんでいるように見えた

あなたのからだはそのために
砕けるかと思われた
わたしは声をかけることができなかった

あなたのその苦しみから
微笑みが生まれてくるのをわたしは知った

あの夕方
冬空の下を走る　車輛のなかで
わたしは極限のものを見たのだった

ひまわり

ひまわりの花芯がはじけるとき
種子《たね》たちは　跳ぶ
跳びながら
地に落ちる
だが　そうしながらも
種子の跳躍は
運動となってのこっている
胚のなかで育って
芽生え
やがて成長する
太陽にむかって
光にむかって

ひとりの女のかたわらで

じっと耳を澄ましていると
地球のふところから
女たちの　足音が聞えてくる
深い　森のざわめきのような
女たちの　ことばが聞えてくる

ひとりの女の　内部から
ひとりの女が　立ち上る

男の名づける　女が
わたし　ではない
女の　心とからだは
わたしたちが　解き放つ

じっと耳を澄ましていると
世界中の　大地から
女たちの　足音が聞えてくる

新しい秩序《せかい》を　つくろうとする
女たちの　声が聞えてくる

ひとりの女の　かたわらで
ひとりの女が　生まれ出る

国家のつくる　恐怖の平和は
わたしたちのものではない
ほんものの平和は
わたしたちが　つくる

じっと耳を澄ましていると
大地の　深いところから
名づけられないものの　響きが聞えてくる
その足音は　わたしたちの　足音
その声は　わたしたちの　声

芽

芽という字が
草かんむりに牙だと気がついたとき
わたしは　牙が
凍てついた空気を切り裂いて
地上に姿をあらわすのを　見たように思った

男たちはうつうつとしていたにちがいない
終日山を駆けめぐっても
鹿や猪に遭うことが少なくなった
疑いもなく　獲り過ぎなのだ
兎や鳥ばかりでは　一族を養うには足りない

そんなある日　かれらは女たちが拓《ひら》いた芋畑に
一面に生えそろった　牙の群れを見たのだ
芽は　牙の反りをもっていた
磨かれた　つやをもっていた
うっすらと色づいた　白さをもっていた

おれたちの牙だ　と男たちは思ったにちがいない
かれらは　芽に
草かんむりに牙という字をつけた
そして芽は　自分たちのものだと宣言した
なぜなら文字をもつ者こそは　支配者なのだから

女たちの　まぼろしの畑では
見えない芽が芽吹きつづけた
凍った大地を押しひらいて
芽はいま　みずみずしい牙を地上にあらわす
切り裂くためではなく　結ぶために

想い

さやえんどうの　実が
月満ちて　はじける　とき
大地が　深く

耕されて　いるように

女たちの　生命《いのち》の　実が
時満ちて　こぼれる　とき
大地が　冷たく
拒むことの　ないように

雨を　たもち
日を　ふくみ
種子を　はぐくむ

そのような　大地が
実のしたに　いつも
準備されて　いるように

女たちが地球を守るとき

「山の動く日きたる

山はしばらく眠りしのみ」*と
与謝野晶子はうたったが
山は動いたか
いつ動くのか

わたしたちは　生きている山
地球の　ふところから
輝くたましいをとり出し
戦争をつくる者に
怒りを噴き上げる

「バーナムの森が動くまでは
お前はけっして敗れない」と
魔女たちはマクベスに予言したが
人びとの頭上にかざされて
ついに　森は動いたのだ

わたしたちはやさしい魔女
おなかの　ポケットから

かわいい赤ん坊をとり出し
うすっぺらな給料袋から
信じられないほどのご馳走をつくってきた

「わたしたちは長いあいだ　家を守ってきました
でもこれからは　わたしたちが家を外にします
平和のために」と
現代の女は語る
女たちがいま　地球を守るときがきたのだ

わたしたちは　未来のつくり手
困難な時代から
希望をとり出し
心の　深いところから
生きたことばをつくり出す

＊「青鞜」創刊号の詩より

王様は裸だ

王様は裸だと
誰もいわなかった
だが王様は裸だった
わたしたちがそれをいった

わたしたちの声が
銅鑼《どら》のように鳴り響いたとき
人びとの眼から
呪縛《うろこ》が落ちた

わたしたちの歌が
青い莢《さや》からはじけたとき
人びとのなかで
恐怖が消えた

朝のはじめての光にめざめる
草の露のように

共和制という澄んだ調べが
地平線から立ちあがる

わたしはいう
何度でもわたしはいう
王様は裸だ
女《わたし》たちが　それをいった

オスの時代

男のなかのオスを
めでたいと思うことがある
ライバルを蹴ちらして
ひたすらに　がむしゃらに
突き進み
自分の美しさ　強さで
女を魅惑し
女のもっともメス的な部分に
においを撒きちらし
しるしをつけ
種子をまこうとして
焦りまくる　オス

男のなかのオスを
いとしいと思うことがある
オスに求められることに
深く満たされる
自分のなかのメスを
おもしろいと思うことがある

男のなかのオスを
みにくいと思うことがある
獲得したメスを
一ケ所に閉じこめ
ほかでは生きられないと
思いこませ
メスとしての魅力はないと

女に信じこませた上で
おれもいろいろ大変なんだ
などといいながら
下着をとりかえ
ほかのメスをとりに
出かけていったりする　オス

男のなかのオスを
にくいと思うことがある
男のなかのオスを
見透《とお》している自分を
さびしいと思うことがある

男のなかのオスを
女が見透してしまったから
オスの時代は　もう
終わろうとしているのかもしれない
女のなかのメスを
男が閉じこめられなくなったから
メスの時代も　いま
終わろうとしているのかもしれない

秘密

子殺しを逃れたオイディプスが
女怪スフィンクスの謎を解いたとき
かれは女の時代を葬り去り
父の時代の若き英雄となった

しかしアポロンはすでに予見していた
父の時代は　父殺しを無意識としてもち
女怪は　めとられた母として甦ることを

父を殺し母をめとったオイディプスが
その真実を知ったとき
かれの仮面の眼からは
真赤な血が流れ出たにちがいない

父の時代の英雄オイディプスよ
秘密を握る者は　支配する者
いま　その時代が過ぎ去ろうとしている

草原にて

死はあっけないほど単純明快で
清潔だった
内側に曲った肋骨には
血の色が付着していた
脛《すね》の骨には
シマのある皮がのこっていた
血は赤い大地に吸いこまれて
あとかたもなかった

木の上に　凝然とたたずむ
二羽のハゲコウの姿があった

草原は死を一瞬の祝祭に変え
そして静まり返ったのだ
異常気象のもたらした水たまりが
驚愕の巨きな目のように
アフリカの空を見つめていた

死が人を立ち止まらせるのは　それが
生きた者の生涯をかたどるからだ

モスクワ通過

機上から見降ろす冬のシベリアは
蛙の卵のようだ（と誰かが形容したっけ）
等高線状に渦巻く氷の渦巻きを
凍った流れと　川がつなぎ

一本の　どこまでもつづく線だけが
低い丘のつらなる原野をつらぬいている

視界にあらわれる巨大な平たいバラックは
かつての捕虜収容所《ラーゲリ》の趾らしい

空港をかこむ白樺林が
白骨に見えて仕方なかった一九七〇年——
二〇年ぶりに見るモスクワでは　いま
一党独裁を放棄する会議がひらかれている
地をおおう雪は　浅く　窓の下で
二人の兵士が立ち話をしているのが見える
灯に浮かび上がる白樺林は
やはり　人の骨の蒼白さだ

わたしの青春を
ひきのばした街
わたしの愛を
耐えがたく
遠ざけた街

うすい雪の上にのこる
車の跡のように
ひとすじ
傷痕《きずあと》の走る街　モスクワ

ハンナ・K

イスラエルの若い女性弁護士ハンナ・Kとその夫が
エルサレムの丘を車で走っていく場面を見ながら
わたしはジャブラー・イブラヒーム・ジャブラーの
詩の一節を思い出していた

パレスチナ　わたしたちのみどりの土地よ
その花ばなは　女人の衣裳の模様のようだ
その三月は　高地にアネモネと水仙をちりばめ
その四月は　平野に花ばなと花嫁を溢れさせる
その五月は　わたしたちの歌
谷間のオリーヴの木の間《こま》の青い木陰で
昼間　わたしたちはそれを歌う

そう　ハンナの依頼人セリムは
かれの故郷に帰ってきたのだ
かれの生まれた家　かれの育った土地へ
家の所有権を証明する完璧な書類一式と　現金二千ドル
　を所持し
〝不法に〟国境を越えて

おお　わたしたちの土地よ
そこでわたしたちの子供時代は過ぎ去った
オレンジの木陰の夢のように
谷間のアマンドの木の間で――

エルサレムの街を歩いていくセリムの
軽やかな足どりをあなたも見たか
アラブ人たちの営むバザールの路地をぬけ
子どもたちの声や　果物の匂いのあいだを
踊るように滑りぬけながら
怪しげなものとはいえ　かれには故郷をとり戻す希望が
ある

わたしたちは田畑の実りのなかで
七月の成就と　収穫の
ダブカの踊りを待ったのだ

しかしいまセリムの歩いていく先には
オレンジの木陰はない
土くれと壁だけの　難民キャンプの廃墟だ
そこで何年も住んだあと　かれの母親はベイルートの爆
　撃で死んだ

かれらはわたしたちの家を破壊した
かれらはわたしたちの屍骸を投げ散らした
かれらはわたしたちの前に水なき砂漠をひろげた
谷間はその身体を折りまげ
青い陰はくだけて赤いいらくさとなり
禿鷹や烏のついばむままに置き去りにされた屍《しかばね》の上
に　頭をたれる

ハンナの家で強迫電話が鳴りひびくのを聞きながら
わたしは指紋押捺《おうなつ》を拒否して逮捕された李相鎬さんに宛
　てられた
たくさんの葉書のことを考えていた
〝自分の国へ帰れ〞
〝日本ではおとなしくしていろ〞
自分の国の恥を見るように
わたしはそれらの葉書を見る
わたしは何者なのだろうか

あんなふうに軽やかな足どりで
故郷《にほん》の街を歩いてみたい
いつか　あんなふうに軽やかに

映画「ハンナ・K」について

映画はイスラエルの若い女弁護士ハンナ・Kの生き方に焦点をあて、それに夫のフランス人弁護士、恋人のイスラエル人検事ジョシュア、そしてハンナの依頼人のパレスチナ人セリムという三人の男性を配している。

若くて美しくて男にもてて、自立心旺盛なハンナは、現代のいわゆる先進国の、キャリアをめざす女性の理想化されたイメージそのものだ。一方パレスチナ人セリムは一度ゲリラと一緒に捕えられ、ハンナの弁護で国外追放になったあと、今度は最初からハンナの弁護をめあてに密入国してくる。かれは奪われた自分の故郷や家や文化を求めつづけている青年である。

ハンナの産んだ赤んぼうの父親ではあるが結婚してもらえない若い検事ジョシュアの、ややこっけいな嫉妬と息子への家父長的な関心が、ドラマの狂言まわしの役をつとめている。かれはセリムをテロリストの一味と考えたがっているが、そのかれがハンナを訪ねると、保釈中のセリムが赤んぼうの乳母車を押してくるのに出会う。この場面を見て思わず吹き出してしまった。「テロリスト」の子守り。赤城山にこもって妊婦を殺したりした連合赤軍とは正反対の、秀逸でおおらかな発想だ。

しかしわたしがもっとも興味をひかれたのは、次つぎに展開するエルサレムの風景であった。それらを見ながら、わたしはガッサーン・カナファーニーの小説「ハイファに戻って」や、引用したジャブラーの詩「亡命の砂漠で」などを思い出していた。故郷を追われたパレスチナ人の側から、いつのまにかイスラエルの風景を見ている自分にわたしは気づいた。しかしハンナの両親もナチスの収容所で死んだという設定になっている。彼女は「ようやく獲得した自分たちのアイデンティティを守るべきだ」という判事を、「他人の権利を否定してもですか」と問いつめるのだ。「亡命の砂漠で」は、数年前佐々木淑子さんにアラビア語から訳していただいて、わたしの編訳した『アジア・アフリカ詩集』(土曜美術社・海外詩人文庫1)に入れたものである。すばらしい詩だ。

　この映画は、異質な文化や異質な民族のあいだでもまれつづけているヨーロッパ人のドラマ形成能力を感じさせる映画であった。男と女の異質性も、充分に盛りこまれている。男たちはそれぞれ自分の属する文化や、自分の目的や欲望に忠実で、ひたむきで、ある意味で単純だが、女は異質なものの境い目や裂け目を生きなければならない。それは女という存在が、既成の文明や文化や社会のなかにはめこまれ得ない存在だからだ。その意味でも、この映画は現代文明のはらんでいる矛盾のパロディになっている。

(なお、この映画は男性監督作品であるが、製作は監督の夫人であるミシェル・ガブラスが手がけている。)

ハイウェイを往く

リバーサイド・ロサンゼルス、一九八四年

ゴムタイヤの破片
シャベル
木片
紙くず
コーラのビン
ゴムの破片
ブリキ
金具
なわ
茶色い大きな犬の死体

紙くず
金具
ゴムの破片
石ころ
針金
紙くず
金具
石ころ
ふくらんだ銀色のビニール袋
びん
新聞紙
ゴムの破片
ちぎれた新聞紙
風に舞う新聞紙
だいだい色のビニールのごみ袋
白いビニール
赤いビニール袋
赤いビニール袋
赤いビニール袋
光る金属
罐詰《かんづめ》の罐
コーラの罐
…………

韓国旅情

宗秋月さんに

眼の下に　光る海峡をこえていく
行きたかった人
行くべきだった人が行けないで
わたしが行く

漢江《はんがん》の流れは雨に溶けていた
郷愁のように　岸をなめ
恨みのように
土を噛んでいた

わたしは街で
ひとりのタクシー運転手に声をかけられた
日本の教育勅語を覚えていると
かれはいった

凍りついた時間のむこうから
かれはことばの橋をかけてきた
ちょうどわたしの覚えていた
キョーイクノエンゲンというところまで

夢幻能のシテのように
かれはソウルの雑沓のなかへ消えていった
韓国語はむずかしかった
ということばをのこして

　行きたかった人
その人が見たであろうものを
わたしは見なかった
その人が聞いたであろうことを
　わたしは聞かなかった

失われたものを　押し流すように
漢江は流れる
また戻ってくると　つぶやきながら
漢江は流れる

権

中国で　漢の時代に使われた
権というものを見た
それは鉄の重しだった
把手のついた重々しい丸パンのようでもあった

権のこちら側に　小麦を積む
権のこちら側に　絹を重ねる
権のこちら側に　豚を追いこむ
それらを没収するのが　権の力だ

権力――古来人間が渇望してきたもの
もつ者ともたない者とのあいだに　壁を築き
恐怖をつくり出したもの
人を狂気に追いやったもの
人を（わたしを）這いつくばらせたもの

（わたしの）血を流させたもの
その原型であった
ひとつの重し
西安で　わたしはそれを見た

それから数ケ月
日本の国会に　権が出た
天安門広場で　権が発した
権の力が動いて　人たちが死んだ
ことばが亡んだ

オリーブの枝

「平和って　peace って何ですか
わたしは子どもに聞きます」
バスのなかで隣席のアメリカ人の女性が話しはじめた
「四人の子どもを育て終わって
ようやく見つけたのがこの仕事でした
わたしはテープレコーダーをもって
子どもたちに聞きます
平和っていったとき　何か思い浮かぶ？
一人の子どもはこういいました
平和っていうのは　邪魔だっていうことさ
なぜって　お母さんはよくいうんだ
あっちへ行って遊んできなさい
あたしに平和をちょうだい　って
平和っていうのは　死ぬことよ
もう一人の子どもはいいました
お祖父《じい》ちゃんが死んだとき
とうとうかれは平和になった　っていったもの」

それは一九九〇年　ソウルでのことだった
統一《トンイル》という美しい言葉が空に響き
空港の　迷彩服を着た国連の兵士を蒼ざめさせていた
バスは平和の橋にむかって走っていた
一九五〇年六月から止まったままの機関車
展示されている戦車　大砲　戦闘機
鉄条網に巻かれた　平和の橋
一九五〇年から死んだままの子どもたち――
遠くに〝北〟の山々が見え
河が白く光っていた
みどりの波うつ平野をこえて
鳥は軽やかに飛んでいるが
人は行くことができない
平和とは　邪魔だっていうことか
平和とは　死ぬっていうことなのか
アメリカの子どもたちの心が
迷彩服のなかで震えている

一九九一年　湾岸地帯
一九九二年　ソマリア
一九九三年　カンボジア
　　　　　　モザンビーク
多国籍軍が発進し　自衛隊の
平和維持部隊が行く
子どものころポーランドでアウシュヴィッツを見た
国連選挙監視員の日本人青年が殺された
カンボジア人通訳と一緒に
I am dying《私は死にかけている》という言葉を無線機にのこして
「日本の憲法の平和主義と国際主義を
カンボジアの新憲法にとり入れるべきです」と
ひとりのカンボジア人の女性がいった
わたしたちは　二つの平和のあいだで
引き裂かれたくない

世界にひろがっていけ
わたしたちの憲法
それは世界平和のさきがけ

生命《いのち》の芽
泥の海をこえて
新しい世界の到来を告知する
オリーブのひと枝なのだ

見えざる力

冬のはじめのある午後
わたしは路地の角を曲って家に帰ってきた
小学二年生だった
「紀元は二千六百年」の歌を
大声で歌っていた
皇紀二千六百年の祝典が学校でおこなわれ
街もひとしきりお祭り騒ぎで浮き立った
一九四〇年の終わり近い日のことだった
「ああ一億の胸は鳴る」と歌いながら
ふと見上げた西の空　椎の木の枝のあいだに
うつろな空白がひろがっていた

バスに乗り遅れるな　という声が
どこからか響いていた
大通りを走っている黄色とみどりの
市営バスのことでないことはわかっていた
政党の解党と政治団体の解散がつづいていたのだ
七月六日　社会大衆党解党、七日　東京交通労組解散、八日　日本労働総同盟解散、十六日　政友会久原派解散、三十日　政友会中島派解散、八月十五日　民政党解党、大日本農民組合解散、九月十二日　婦人参政同盟解散、二十一日　婦選獲得同盟解散（婦人時局研究会に合流）、十月十二日　大政翼賛会発会式、二十二日　東方会解散、十一月二日　全国水平社解散、十一月十日〜十四日　紀元二千六百年祝賀行事
バスはわたしたちを乗せてどこへ走っていたのか

＊

〝軟弱外交〟の担い手幣原《しではら》喜重郎は　敗戦の日
電車のなかで　当局を呪う〝野に叫ぶ〟民の声を聞いた

そして組閣の大命を受けたその年の十月
戦争放棄の考えがかれの頭を訪れたのだ
幣原はのちに書いている
「それは一種の魔力とでもいうか
見えざる力が私の頭を支配したのであった*」と
昭和二十二年一月二十四日のマッカーサー元帥との会談で
戦争放棄の条項を憲法に入れることを提案したのは
幣原であったとのちにマッカーサーも証言している

日本国憲法が強いられた憲法だというのは本当かもしれ
ない
しかし日本人の頭に宿ったことを
占領軍が日本政府に強制するとはどういうことか
戦争放棄条項に関するかぎり
この奇妙な逆流《ねじれ》現象が起こったのだ
まるで何者かが占領軍の権力を利用したかのようだ
幣原のいう〝見えざる力〟が……
（十六世紀の占星学者ノストラダムスは書いている

「救い《メシア》の法は日の国で保たれるだろう」と
その詩の番号は53
五月三日　憲法記念日の数字だ）

いまこの憲法を国民投票で選び直そうという人がいる
敗北と強制の痕跡をぬぐい去ろうというのだ
しかしわたしは思う
敗北と強制の刻印をしるしたまま
この憲法を保っていきたい
日本が道徳的に敗れ去っていたこと
（アメリカにではなく　アジアに）敗北したことを忘れ
たくない
復讐するためではなく
自分のしたことを認め
人間として生まれ変わるために
二度とふたたび敗者にも勝者にもならないために
戦争放棄の理念が
日本から生まれ出たことを
覚えているために

この敗北のしるしをつけた平和憲法を
保っていきたいのだ
世界平和のために
なぜなら〝見えざる力〟とは
わたしたちのちからなのだから

＊『外交五十年』

オリュンポスの山で
アイスキュロス作『縛られたプロメテウス』に寄せて

神々の　火の源《みなもと》を盗みとり
茴香《ういきょう》の芯に満たして人間にあたえたプロメテウスを
ゼウスは怒って巌《いわお》に縛りつけましたが
あれはそんな高邁な怒りからではなく
嫉妬のためだったというのが
もっぱらの　巷《ちまた》のうわさです

ゼウスの情欲に肘鉄を食らわせたため
あわれ牛の角をもつ姿に変えられたイーヨーを
プロメテウスは愛したのです
その上人間界から手を引いて
人類を滅してしまおうというゼウスの意向に
かれが従わなかったことも事実です

近ごろとみに老いを感じてきたゼウスの
若々しいプロメテウス青年への嫉妬は　猛烈でした
子飼いだと思いこんでいた青年に手を咬まれて
ゼウスは激怒したのでしょう
ものわかりのいい仮面をかなぐり捨てて
プロメテウスをひっとらえました

鍛冶の神ヘーパイストスが　同情しながら
プロメテウスを青銅の鎖で岩に縛りつけたというのも
真実ではないというのがもっぱらのうわさです
近ごろすっかりゼウスに心酔しているヘーパイストスは
自ら進んでプロメテウスを巌にはりつけにしたのです

大洋神オーケアノスがプロメテウスに忠告しにやってき
　ますが
本心はヘーパイストスをけしかけにきたといったところ
　でしょう
かれは　かつて自分がゼウスの寵愛を失いかけたのは
プロメテウスのせいだったといいはじめています
プロメテウスのよき先輩として振舞っていたかれも
手の平を返すように態度を変えてしまいました

合唱隊《コロス》がプロメテウスの有様に胸を痛め
イーヨーとプロメテウスの
苦難の身の上を気づかっています
ゼウスがありがたくもない掟で権威をふるい
思い上がった圧迫を神々に加えるため
国々は歎きに満ちていると語っています

かつてゼウスは　若い神々の先頭に立ち
古き支配者クロノスを　タルタロスの闇の底の奈落のう
　つろに
一味徒党と共にかくしこんだのですが
いまやふたたびクロノスが勢いを盛り返し
ゼウスの王座をねらおうとしているのに
ゼウスはかれら一味とたたかおうともしないのです

それどころか　甘言とおどしで集めた徒党をひきつれ
新しい味方　新たな植民地《フロンテイア》をもとめて
旅立っていきました
そしていまも自分勝手な掟で権威をふるい
緻密に組み立てた陰謀を
着々と実行しているのです

かくて　小ゼウスに満ち満ちたわがオリュンポスの地で
　は
政権交代は一向におこなわれず
いつまでも古い権威や権力がのさばっているのですが
ゼウスのいう「普遍」や「対話」が
「派閥」や「陰謀」の代名詞だとわかってしまったいま

となっては
若い神々も　この先ずっとゼウスの子分でいるとは考え
　られません

地上では
ようやく人間たちが反省しはじめています
プロメテウスからあたえられた火と技術《わざ》を
無制限に使いつづけ
行先のわからない欲望に駆られて
傲慢に自然を破壊してきたことを

プロメテウスは予言します
やがて自分自身のうつろな思慮によって
ゼウスは王位を追われるだろうと
そして幾多の苦難とさすらいの末
イーヨーのはるかな子孫が
自分をこの苦しみから救ってくれるだろうと
死すべき運命をもたないプロメテウスは
歎きも怨念もなく　ただ不法な敵を憎み
自分の受けている不正に怒りながら
合唱隊《コロス》の女たちと共に　揺れに揺れ立つ大地の底
奈落のふちに沈んでいきます　人間たちが
みずからの欲望と技術《わざ》を治める智恵を身につけるまで

（『風の夜』一九九九年思潮社刊）

詩集〈神々の詩《うた》〉から

海への賛歌

いのちの種子《たね》

大いなる誕生　40万匹のヒメウミガメ大産卵

海はいのちの種子《たね》を砂に宿し
砂はいのちの芽を海に放つ
そのくり返す世代の子らを
波は快楽のように沖に遠ざけ
また岸にうち返す

海底市民

琉球　海物語

サンゴの森のほとりに
白い海底の町がある
住民たちは変幻自在の
信号システムをもっている
かれらの友情は強いものと弱いもの
小さいものと大きいものの
絶妙な会話で保たれている

夜ひらく

サンゴの記憶

サンゴは夜
花をひらく
動物としての
姿をあらわし
つわものどもの
鉄の夢を
極彩色《ごくさいしき》の
記憶に変える

銀の光　月と生命《いのち》

海に生まれた
生きものたちは
不思議な力にさそわれて
大潮の夜　なぎさを目指す
そして地球をしたう
銀の光を浴びながら
次の世代を
海に放つ

森の宇宙

森の宇宙　聖なる森　キナバタンガン

人は森のことばを聞き
森は人の祈りを聞いた
森には光があり　闇があった
生と死があった
声があり　そして沈黙があった
森はひとつの宇宙であった
森で　人は人になった

四季のいのち

風を生きる　風物語

風は草木の
種子《たね》を飛ばし
クモの子を旅立たせ
歳月をかけて土壌をつくる
われら風の子どもたち
風を察知し
風を生きる

生けるもの

愛されたもの　滅びゆく者パンダ

進化という木の
どんな奇蹟の枝に
きみは坐っているのだろう
きみの黒白のツナギは
氷河時代の雪と岩がデザインしたもの
今はもう20世紀の黄昏《たそがれ》だというのに……
愛されたもの
パンダよ

アフリカの風　鼻をなくした子象物語 1

人はその子を幸運《バハティ》と呼ぶ
親たちがこの子を守る
仲間たちが気づかう
友達が鼻で触っていく
子どもは愛情の
網の目のなかで育っていく
そしてアフリカの風は
大地の赤い土を
羽根飾りのように巻き上げる

光る夜　生命《いのち》の輝き　ホタル大発光の謎と神秘

夜は輝いている
樹液の蜜を
光に変えながら
夜をきらめかせているのは
はげしくも切ない
ホタルの恋

森の忍者　ジャングルの空にサルが翔ぶ

空へむかって飛ぶ！
そのときかれは自由だ
不器用なからだも
気の弱さも忘れて
空中を滑る！
そのとき　かれは
森のやさしい忍者だ

ひとり　不思議な森の小さな妖精

母に
抱きしめられ
鳴き交わして育った
満月の夜の愛の子どもは
ある日ついに迎える
ひとりになる

時を

人とその生き方

歌　アリラン

雪と氷に閉ざされた
アリラン峠に
一筋の　灯《ともしび》をともす
歌がある
そのなかに息づく
ふるさと
渇《かわ》いたときの
泉にも似た
アリランの歌——

桃源郷《とうげんきょう》　長寿の里　生命《いのち》輝かす水

人の手で

積みあげた
水路を通って
二百万年の氷河の水が
うるおす村は　いま
あんずの花
咲き匂う
桃源の里

再生　祈りの滝へ　ハイチ　生命《いのち》の躍動する島

脱ぎすてる
古い服を
昨日のいさかいを
明日のない辛さを
そして水をくぐって
生まれ変わる
生きることの
希望の方へ

砂漠の水がめ　カラハリ砂漠に生きる　最後の狩人たち

砂漠の
青い水がめは
西瓜の形をしている
自然が土の下に隠しておいた
熟れたカラバシュの姿をしている
水がめの水は
いつも平等に
分けられる

光の家　平和の母の家

マギーさんの
スカートのしたで
生きのびた孤児たちのために
その家はつくられた
憎しみの闇を消す

ゆるしの光を
たたえて

語《かた》り部《べ》　海から生まれた生命　ストロマトライト

みどりの
地球を物語るには
この石こそが適《ふさ》わしい
息をする石？
石に変身する生きもの？
誰も語らなかった地球の昔を
この石にこそ
聞いてみよう

（『神々の詩《うた》』一九九九年毎日新聞社刊）

詩集〈神々の詩《うた》〉以後

地球賛歌

土　ウクライナの黒い大地に生きて

土が
いのちを育て
人をはぐくんだ
故郷《ふるさと》の黒い土は
湿っていて　柔らかい
その土が人を呼ぶ
銀の畑の
銀の声で

香り　アンデスの贈りもの

虫には虫の

とり分がある
やがて収穫期
色も形もとりどりの
原生種のジャガイモを焼く
香ばしいかおりが
アンデスの村に
たちこめる

岩を砕く

石に綴られた島　アイルランド　アラン島

不毛を
砕くように
岩をくだく
絶望こそが　最大の敵
忍耐という静かな情熱で
今日もハンマーを
にぎる

神話

老人と海ガメ　孤島に生きる最後の海洋民

天地創造の時代
一頭のウミガメが旅をした
神話はそこから始まる
仮の肉体が滅びたあと
老人はウミガメと共に
精霊の時間を
生きるだろう

詩集〈崖下の道〉から

崖下の道

その崖下の道を通るとき
彼女はいつも
十歳の少女に戻っていなければならない
その崖下の道を通るとき

あたかも彼女の生が
その歳《とし》で止まってしまったかのように
彼女が決して
十歳より上になることなどなかったかのように

深い渓谷に沿ってのびるその道が
十歳を超えた彼女を見ることを望まないかのように
あたかも彼女の生がその年に
運命の手に捉えられてしまったかのように

あの夏に十歳であったものは
いまも十歳でなければならないかのように
それ以上に成長しようとすれば
なにかが壊れてしまうかのように

その崖下の道を通るとき
彼女はいつも
十歳の少女に戻っていなければならない
その崖下の道を通るとき

滝の音

滝の音が聞こえてくる
滝の音はむかしをいまに呼び戻す
むかしには　むかしの悲しみがあり
いまには　いまの喪失がある

滝の音が聞こえてくる
滝の音はむかしをいまと切りはなす
むかしには　むかしの記憶があり
いまには　いまの忘却がある

滝の音が聞こえてくる
滝の音はむかしをいまと結びつける
むかしには　むかしの沈黙があり
いまには　いまの放心がある

滝の音が聞こえてくる

蔓《つる》

小川には川霧が立ちこめていた
太い蔓は流れの上を横切って
むこう岸まで届いていた

岩に砕けた水しぶきが
絶えまなく蔓に降りかかり
厚い層となって凍りついていた

半透明の氷の奥に
蔓のごつごつした膚《はだ》があった
水は間断なく降り注いでいた

蔓がそこにあること
そこでしか生きられないこと
わたしは運命ということを考えていたのだった

母に

あなたは　わたしの墓場だった
わたしはあなたのなかに　死んで戻り
もう一度　生まれたかった

あなたは　死に
わたしは甦りの墓場を失った
生まれ直すための

ハルビン郊外三十キロ

石炭の　長い小山が終わるところで
単線の線路は途切れていた
肉色の煉瓦の露出した
塀の外側には
人びとが住み
内側には　瓦礫を蔽いつくして
うす紫の野菊が咲き乱れていた

爆破された大煙突の下
かつての炉の中心部にはいると
切り裂かれた青空が
頭上に見えた

炭となった内壁
古い脱糞のあと——
立ちこめる瘴気《しょうき》のなか
わたしは野菊の一枝を手折って
地面に供えた
そして祈った（祈りたかった）

　すると　立ちこめていたものが
花びらに集まり　すうっと
吸いこまれていくようだった

割れ目から
石碑をかこんで記念写真をとる
同行者たちの姿が見えた
碑には記されていた

　始建于一九三六年
其建筑[*1]……細菌試験供电[*2]
供汽・供熱・一九四五年

八月十二日、七三一部队*3
敗退前其炸毀。

その夜　わたしは
昼間出会ったものに
うなされつづけた

ハルビン郊外三十キロ
七三一部隊跡地
行き止まりの鉄路の果てに
人間を
燃やしつづけた
二本*4の大煙突が
残骸をさらしている
空をギザギザに
切り裂いて

＊1　築
＊2　電
＊3　隊
＊4　大煙突は三本あったが、うち一本は完全に破壊された。

オセロ

わたしはその窓を見つめていた
ロンドン郊外　自主上演の地下倉庫で
舞台の奥にのぞく　四角い小窓を
わたしはその窓を見つめていた
空間に　無数の亡霊の頭が浮かびあがり
心乱れて　ゆれ動くのを
舞台では　黒人のオセロが立ちつくしていた
罪なくして罠にかかり
愛を知らずに　愛しすぎた男が*

ギニア湾岸にそびえ立つ　イギリス要塞に
人が決して届かない小窓をもつ
石壁の　奴隷「保管」庫がある
別の一郭には　商取引の部屋
鉄砲や火薬と交換に
若いアフリカ人が売られていく

城塞には　教会堂がある
神の祝福を授かるための
そして屋上には　海をにらむ砲列

二つの窓は　重なりあい
オセロは亡霊たちとともに去っていく
かれらの末裔たちが　生きる街へ

＊愛するデズデモーナを殺してしまったオセロは、最後の場面でいう。「ただどうしてもお伝えいただきたいのは、愛することを知らずして愛しすぎた男の身の上、めったに猜疑に身を委ねはせぬが、悪だくみにあって、すっかり取りみだしてしまった一人の男の物語。……おのが一族の命にもまさる宝を、われとわが手で投げ捨て、かつてはどんな悲しみにも滴ひとつ宿さなかった乾き切ったその目から、樹液のしたたり落ちる熱帯の木も同様、蕭然と涙を流していたと、そう書いていただきたい。」（シェークスピア作『オセロ』福田恒存訳より）

死者《はは》と遭う

その人は建物の前にいた。まるで建物のなかから滲みだしてきたようだった。黄色味がかった西洋の石の建物——それはかつてわたしがその人と一緒に立ったことのあるパリのリヨン駅だったかもしれない。わたしを見るとわかったようなそぶりを見せ、かすかにうなずいたが、ふっと後ろを向くと建物のなかにはいってしまった。なにかちょっとした用事を思い出したとでもいうようだった。そしてそのまま消えてしまった。死者は語らないといわれるように、ひとことも語らなかった。ただわたしにそのわずかな顔の筋肉のゆるみを見せただけだ。

夢の交差点で

鄭京默《チョンキョンモク》　久保覚に

かれは一瞬にして現れたのだ。他の人物と交差点で入れ替わったようだった。生きていたときと同じようにまあるい顔をして、鬚はもじゃもじゃだった。ひとなつっこい、しかし深く内側にめくれこんだ微笑みを浮かべていた。

かれと入れ替わった人物は一人のアフリカ人の男性だった。何十年かぶりにふるさとの村に帰り、成人後期の式を受けるために年配の女性に髪をそり、鬚もそってもらっていた。かれはこれから村のため、人びとのために働くことに誇りをもっていた。

その人物と、かれはわたしの夢の交差点でさっと入れ替わってわたしの前に現れたのだ。

かれが自分の日本名を愛していた、少なくとも嫌っていなかったことをわたしは知っている。かれはその名前で仕事をし、社会的に行動し、認められた。人がその名前を読みまちがえると、かれは必ず訂正を入れた。しかしかれの本名、生まれたときからかれのものであった名前は、多くの人に知られることはなかった。わたしはかれの口からその名前が——たとえ日本読みでも——発音されるのを聞いたことはない。わたしがその名前を知ったのは、かれの遺稿集の最後の年譜の欄によってであった。かれが自分の名前のなかに〝默〟の字をもっていたことが、わたしを考えこませる。

一九四七年、かれは日本国が発布した外国人登録令によって自動的に日本人としての資格を剝奪された。旧植民地出身者を外国人とみなす勅令である。一片の謝罪も、保障もなしに。かれはその後成人し、本名で活動をはじめたが、かれが活動の拠点とした革命政党もまた、外国人だという理由でかれを自動的に党から排除した。おそらくそのときから、日本名でのかれの活動がはじまる。

かれは韓国と韓国人への愛情を隠そうとはしなかった。

晩年には——誰もそれをかれの晩年とは考えなかったのだが——かれはより深く、真実に、その愛を生きようとした。

かれは有能な男だった。緻密な頭脳とねばり強い根気をもっていた。とりわけ、言葉に敏感だった。その敏感さはかれの二つの名前の裂け目から生まれてきたにちがいない。かれは言葉を発する脳髄の動きをとらえることができた。かれはそれを書物にし、人びとに発信した。

しかしかれは同時にしばしば信じられないほど無責任だった。心の深いところで、日本人に責任をとる必要を感じていなかったのだろう。大日本帝国も日本国も、かれに責任をとらなかったのだから。無責任どころか、人によっては——それがしばしば女性に対してだったことがわたしを傷つける——苦しみを与えることすらあった。日本人へのうらみ、憎しみがどのような形でかれの心に居座っていたのか、わたしは知らない。ただかれはそのような仕方で自分の在り方を——かれが一人の他者であることを——わたしたちに示したのだろう。

かれは自分の村へ帰ったあの男になり替わろうとしたのかもしれない。失敗して、その瞬間をわたしに見つかって、とても照れたように見えた。いやかれはあの男との類似を利用してわたしの前に現れたのかもしれない。もじゃもじゃの髪も、濃い鬚も、かれはあの男とよく似ていたから。

かれが自分の村に帰り、年配の女性に髪と鬚をそってもらうことがあり得たとしても、その村はかれが行ったことのない韓国の村だろう。

わたしはその年配の女性になることはないだろう。しかしわたしはかれが自分の村にたどりつくことを願っている。そこでは皆がかれの名前をあたりまえの名前として呼び、かれもそれに応え、かれも人の名を呼び、人もそれに応えるだろう。それが日本の街や村であってもなんの不思議があるだろう。わたしはその年配の女性になることはないだろうが、一夜、かれの現れた夢を記憶し、書き留めることはできる。そして日本の戦後の言葉と思想がかれのような人によって支えられていたことを記すことができる。それは西暦紀元二〇〇一年七月十九日早朝のことであった。

バベルの塔

ニューヨークに聳え立っていた二つの塔が崩れ去ったあと、その廃墟のなかから、わたしはバベルの塔が姿を現すのを見たように思った。

聖書は語っている。

時に人々は東に移り、シナルの土地に平野を得て、そこに住んだ。彼らは互いに言った、「さあ、れんがを造って、よく焼こう。」こうして彼らは石の代わりにれんがを得、しっくいの代わりにアスファルトを得た。彼らはまた言った、「さあ、町と塔を建てて、その頂《いただき》を天に届かせよう。そしてわれわれは名を上げて、全地のおもてに散るのを免れよう。」時に主は下って、人の子たちの建てる町と塔とを見て、言われた。「民は一つで、みな同じ言葉である。彼らがしようとする事は、もはや何事もとどめ得ないであろう。さあ、われわれは下って行って、そこで彼らの言葉を乱し、互いに言葉が通じないようにしよう。」こうして主が彼らをそこから全地のおもてに散らされたので、彼らは町を建てるのをやめた。これによってその町の名はバベルと呼ばれた。主がそこで全地の言葉を乱されたからである。

バベルとはアッカド語で〝神の門〟を意味し、紀元前二千年紀に当時の世界の中心をなしていたバビロンを指している。シナルの土地とはバビロニアのことだ。

バベルの町造りが放棄されて以来、人びとは世界中に散り、その言葉は乱れた。

ニューヨークは現代のバビロンであり、そこに聳え立っていた世界貿易センターの二つの塔は、現代のバベルの塔なのだろうか。

わたしは亡くなった人たちの声に耳を傾ける（加害者もふくめて）。塔の破壊によって人びとの言葉はますます乱れ、互いの無理解はひろがり、世界は分裂していくのだろうか。そして罪のない人びとが苦しむのだろうか。破壊は神の意志として受け入れられ、神話として語り継がれ、いつか聖書のような書物に書き記されるのだろうか。

そうなっていいのだろうか。

最後の日

それは剝きだしのコンクリート壁にかこまれた地下室だった。廊下をはさんでいくつもの部屋が並んでいる。中央の大きな部屋に、地上から「同盟」の女性記者がきてメモ帖をひろげた。取材だという。光が差しこんでいる左上方のわずかな瓦礫の隙間から、彼女はこの部屋にはいってきたのだ。その潜入の姿勢は、メモ帖をとりだしたときの彼女の腕の角度にのこっていた。細長いテーブルの前に、長期にわたってその座についていた「会」の最後の代表がいた。

銃声が聞こえ、外から銃弾が撃ちこまれていた。こちらには武器はなく、武器をとって戦う意志もなかった。一人の男が脚を撃たれて倒れた。

廊下の奥の小部屋で、その人が手術を受けていた。白い包帯を巻かれた足が見えた。「会」の事務局長だ。周囲の支援者たちも地上からきたのだが、出ていく者はなかった。

それは幻の社会主義国の、最後の日だった。

火星と月　大接近

坂田千鶴子さんに

二〇〇三年九月九日の夜、うすい雲の過ぎ去った南の空に、わたしは月に〈大接近〉した火星を見た。火星は満月に近い月の右下に、さりげなく、しかし〈ここにいる〉という存在感をもって静止していた。金星のように赤くはなく、〈輝く〉というほど光ってもいなかった。しかしわたしはそこに、避けがたく表現しがたい力を感じた。

火星は戦争の星だから、地球に接近すると物騒なことが起こると昔からいわれてきた。欧州の熱波やロシアの森林火災などは、火星の接近と関係があるのだろうか。

日本ではブリジストンタイヤの炎上や、ガソリン爆発による殺人などが相次いだ。これを書いているいまも、十勝沖地震によって破損した出光興産の精油タンクで、ナフサが燃えつづけている。

中秋の名月と重なった九月十一日、アメリカへのテロ攻撃はなかったが、イラクでの銃撃はつづいている。フセインの大量破壊兵器は、結局見つからなかった。イスラエルはパレスチナ自治区での作戦行動をつづけ、民間人を多数殺傷している。違法で不道徳な命令には従えないという批判が、イスラエル国内でも起こっている。

火星大接近に、月はなにを語るのだろうか。

巫女の血をひくあなたは、その日思いたって縄文の地、姥捨《おばすて》に月神を捜しにいった。あなたはそこでツクヨミに遭うことはなく、代わりに月の女神の消息を知ることになった。女神は十五夜の月にではなく、十三夜の月のなかにいることがわかったと、後日メールで知らせてくれた。姥捨では十五夜の月はまず見えないけれど、十三夜はいつも月見ができると、地元のお爺さんが特別のニュアンスでいったというのだ。豆名月、栗名月とも呼ばれ、古来女名月として愛でられてきた月だ。古い収穫祭の名残をのこす陰暦十三夜のお月見は、縄文の巫女たちがとり仕切っていた月母神の祭りなのだ。

かぐや姫伝説は月神信仰の大きな破片でしょう、とあなたはいう。日本最古といわれる書物群のなかに、月女神はいっさい姿を現さない。それらが編纂されたとき、月の女神はすでに深く身を隠していたのだろうか。月神は、登場するとまもなく消されてしまう男神ツクヨミだけだ。しかしイザナミには、大地母神＝月母神の面影が色濃くただよっている。そして古事記の出雲系神話は、月の光に満ちている。月の動物ウサギを救うオオクニヌシは、月女神のくにの若き王子だ。

世界中いたるところで、月の女神が殺されて久しい。三日月地帯の両端に位置するメソポタミア（イラク）とパレスチナ、月のしずくの輝く土地では、いまも月神殺しがおこなわれている。

わたしはあなたが伝えてくれるはずの、月の女神からの便りを待っている。

ディズニーランド

カリフォルニア砂漠の皮膚を一枚めくると
お伽の国がある
白い歯をしたアメリカ人が
孤独な甲虫のように集まってくる
奇妙な地下の国がある

カリフォルニア砂漠のディズニーランドは
市民ホールや消防署を備え
アイスクリームパーラーには人が一杯だが
そこへ入る扉は見つからない
栗毛の馬の挽く馬車は　広場ではなく
おみやげの一ドルのボールペンの
透明な液体のなかを走っているのだ

フライドチキンにフライドポテト
コーヒーは紙コップと
おきまりの濃いピンクのビニール製かきまぜ棒兼ストロ
ーで——
紙ナプキンに紙のお皿
お金のある方はレストランへどうぞ

アメリカの孤独は　空間孤独だ
時間を殺した　水平孤独だ
人びとは鉄の箱に乗って人に会いにいく
砂漠の皮膚を一枚剥いで　お伽の国へ行く
しかし同じような人間に会えるだけだ
夕方になると　太陽は陸のかなたに沈む
その向こうには太平洋がある

カリフォルニア砂漠の皮膚を一枚めくると
ディズニーランドがある
白い肌をもつ若い女性が
同じ場所　同じ姿勢で働いている
時間のない　地下の国がある

狭い海

その女の子はすこし変わった形の右手をもっていた
(それだけで　この国では一つの運命を荷うのに充分だ)
その子がわたしの方へ泳いできたとき
わたしは手をさしのべた
顔に疲れが出はじめていて
右手がわたしの手に一番近かったのに
その子は右手で水を搔き
左手でわたしの手につかまった

わたしが手をひっこめると思ったのだろうか
わたしがたじろぐと?
わたしは眼をそらして笑ったが
そのときのことを忘れない
その子がもし右手でつかまったら
わたしの手の筋肉は
少しも緊張しなかっただろうか
眼の端には
少しのひるみも現れなかったろうか
わたしには断言できない　断言できないが……
きっと少女はそれを感じるのがいやだったのだ
それを疑うのが

あのときわたしたちの間にあったのは
少女の右手がむなしく搔いた海だった
あの海の幅は狭かったけれど
いまわたしはあの海を越えて
少女の右手をつかまえにいくことができるだろうか
海の幅はほんとうに狭く
少女のからだは沈みかけていて
眼は助けを求めているかもしれないのに

風のように

くるしみの時　くぐりぬけ
あけがたの　光のなかを

風のように　（風のように）
走るとき
街《まち》はやさしく　受けとめてくれる
傷ついている　わたしの心を

風はまわる　影は移る
さやぐ木の葉　流れる雨
季節はとどまり　語りかける
夢の大きさ　愛の鼓動

あしうらに　大地を感じ
すきとおる　光を浴びて
風のように　（風のように）
走るとき
街は扉をあけ　わたしを飛び立たせる
自由のつばさ　はじめての海へ

風はまわる　影は移る
さやぐ木の葉　流れる雨
季節はとどまり　語りかける
夢の大きさ　愛の鼓動

校庭で

小学校の校庭ほど
かなしいものはない
わたしのなかにはまだ
追いつめられた魂が住んでいて
——助けて　という
あの友達　この友達の
消えそうな悲鳴も
聞こえてきたりして……

小学校の校庭に立つほど
くるしいことはない
あわあわとした　子どもらの
手足のあいだから

ことばにできなかった
わたし自身の
救いをもとめるまなざしが
見つめているから……

（『崖下の道』二〇〇六年思潮社刊）

評論

わが詩的自叙伝

「希望《エスポワール》」に参加する

芸大に入って新鮮だったのは、多少とも下町の雰囲気に触れることができたことだった。浮世絵が好きになったのも、歌舞伎を見るようになったのも、隅田川の近くでサーカスを見たのも、それ以後のことだ。

上野公園や芸大の、古い樹木の多い環境と下町風の街の雰囲気は、翌年そのあたりに下宿したためもあって、わたしに深い印象を与えている。後年書いた「場所」という詩のなかの空間には、上野公園の樹木のイメージが入っている。

芸大では上野界隈の国立施設の無料パスをくれたので、宗達・光琳展などをゆっくり見られたのはありがたかった。動物園にもよく行った。しかし芸大の美術学部は、美術行政を担う（男性）官僚を育てる大学でもあった。

芸術学科一年の教室は、当時音楽学部の門を入ってすぐ左手の、煉瓦造りの建物の二階にあった。いまものこっている風格のある建物である。ここで午前中いっぱい石膏デッサンを描くのはかなわなかったが、午後からは他学科の学生たちと一緒に人体美学や東洋美術、西洋美術、フランス語などの講義を聞いた。上級生が教授を「さん」づけで呼ぶのは、新鮮だった。

九ヵ月ほど経った一九五一（昭和二六）年の終わり頃、同じクラスの渡部美智子さんから「希望《エスポワール》」*1の創刊号を買い、「今夜座談会があるんだけど、こない？」と独特のリズムのある甘い声で誘われたのも、この教室でのことだった。

その座談会「モラル・アムール・セクス」に出席したのが、わたしの「希望《エスポワール》」に入るきっかけとなった。「自我の覚醒期に当って、この日常的世界の崩壊を見てきたもの、教え込まれたものでは包みきれない現実に侵入されたもの、……彼等にとって多くの大人達にしがみついているものは……現実にめかくしする、憎むべき欺瞞でしかない」などという創刊号のマニフェスト「文学抹殺論」の主張にも、共鳴するものがあった。

なによりもわたしを惹きつけたのは、この雑誌が文学・芸術を生活から切り離さず、男女の関係性を問う姿勢をもっていたことだった。渡部さんは「わたしたちは結婚しない」というエッセイを筆名で書いて、男性作家たちに注目されていた。創刊者の河本英三は広島で原爆の被害を受けた人だったが、当時は進駐軍の報道規制のため原爆のことはほとんど知られていなかった。

「希望《エスポワール》」は駒場の東大教養学部の北寮の一室に、いわば巣食っていた。部屋中がメンバーで、東大生でない人までもぐりこんでいた。渡部さんとわたしはベッドの一つに足をつっこんで校正をしたり、皆で食堂へ行って次号のプランを話しあったりした。

わたしの俄かジャーナリストとしての初仕事は、河本氏と画家の森芳雄さんを訪ねてインタビューし、二号のためにそれを文章にまとめることだった。その夜は深夜まで話しこんで、結局泊めていただいた。それ以来わたしは美術担当になり、表紙絵やカットをいただきに画家たちのところをまわった。麻生三郎、難波田龍起、鶴岡政雄、井上長三郎さんなど、「自由美術」の画家たちが協力してくれた。

帰宅は深夜になることも多く、中井駅で渡部さんと別れたあと、警官が下落合の自宅まで送ってくれたこともあった。雑誌の資金のためコネを頼って広告とりにも行ったが、これは辛かったし、うまくいかなかった。雑誌は絶えまない資金不足と、取次を通すための月刊化の必要とその不可能に悩まされていた。

二月ごろのある寒い夜、ひと気のない学生食堂のストーブのまわりで、竹内泰宏の評論「新たなロマンの創造」の講読会が開かれた。かれも創刊号を買い、河本氏の「文学抹殺論」に共感して参加したのだ。制服姿で、きちんとした秀才という印象だった。この評論は二号のマニフェストとして掲載された。

このころ詩誌「列島」（一九五二年三月創刊）を読みはじめたが、花田清輝が座談会に出た二号から俄然おもしろくなっていた。動物なら動物を擬人化するのでなく、「それ自身をして語らしめるというところに大きな風刺性がある。それを僕は記録性という言葉で云つているのだ」というところに、わたしはまだはじまっていない自分の創作の核になる芸術理論を見出した。

上野界隈に友人と下宿する

やがて河本氏らが本郷の学部に進むと、「希望《エスポワール》」の事務所も東大農学部前の南米という喫茶店に移った。渡部さんとわたしは、活動のため一緒に下宿することにした。はじめは不忍池のほとりのたしか池之端三丁目の、都電の音が聞こえる勤め人の家の二階の四畳の部屋だった。夜中に動物園の猛禽類の鳴き声が不気味に響きわたっていた。わたしたちはよく不忍池をまわって東大まで歩き、五月祭では手書きのポスターを貼って戦後派文学者たちの「アヴァンギャルド文芸大講演会」や映画会を催した。

五月に皇居前広場でメーデー事件が起こり、わたしは逮捕された建築科の上級生を見舞いに、皆から集めたお金でアメ横で差し入れを買い、友人と巣鴨の留置所へ行った。メーデーにはわたしも行きたかったが、河本さんに止められたのだ。留置室は満員で、二段ベッドのあいだの狭い通路を女性たちが徘徊していた。脇に三畳ほどの畳の部屋があり、わたしたちは二人の警察官の監視の下でお菓子や果物をひらいた。スイカにはナイフが入れられた。

次に下宿したのは谷中墓地の近くで、「ぶどうの会」の女優さんが経営する下宿屋の二階の四畳半だった。わたしはその部屋で、「婦人公論」に「母への手紙」を書いた。四月に母親の参議院議員高良とみが、国交のないソ連と中国にビザなしで入って中国との民間交流を開き、大きな波紋を起こしていたのだ。単独講和と日米安保条約によって、日本がアメリカの支配下に入ることに反対する彼女の行動を、わたしは支持していた。

やがて逮捕されていた上級生に誘われて、美術学部で「芸術論研究会」をはじめたが、彼女が呼んできた講師は岩上順一、テキストは蔵原惟人の『芸術論』だった。この本は、戦前のマルクス主義芸術論のつまらなさと限界を教えてくれた。

わたしはこの年に出た「希望《エスポワール》」の通算二、三、四号に、数篇の劇評と美術批評を書いた。三号に書いた文学座公演「祖国喪失」(堀田善衞原作・加藤道夫演出)の批評では、まるでなにかの予感に導かれたかのように、革命運動における目的と手段の関係について書いている。
「手段を目的におき変えること、大衆の名において人間の獣性を肯定することからは目的に含まれているヒューマニズム精神を基準とした徹底的な自己批判によってまぬがれなければならない。」「共産党がそれを要求されるのは、無産階級の政治的解放という最も人間的な目的に対する自殺行為をしないためにも、当然である。」

　図らずもずっとあとになって、わたしは「現代詩の会」「新日本文学会」「新・現代詩の会」という三つの文学団体で、左翼の運動に巣食っている〈目的にたいする手段の正当性を問わない〉根深い傾向とたたかわなければならなかった。互いに相手の自由を尊重しあわない運動、自然への崇敬をもたない運動が、権力闘争に堕すことの実例であった。

　一九五二年はこうして活動のうちに暮れた。わたしは二十歳になっていた。絵の方は前年「水彩連盟展」に出品して奨励賞をもらったが、後期印象派風の絵はもう描けなくなっていた。夏以来の三角関係による自己分裂のためでもあった。

詩を書きはじめる

下宿を引きあげた一九五三年から詩らしいものを書きはじめていたが、「希望《エスポワール》」[*2]で一年間動きまわったことが言葉の泡立ちをうながしたのだろう、十月下旬のある夜、わたしは夜中に自動速記で一篇の散文詩を書いた。

　塔が崩れてから二千年、不幸はどこにもなかった。学校がえりの少女たちよ、この鈴懸通りの石段は君たちの脚幅には大きすぎる。赤い陽がまわり、君たちのパラソルは夕焼け色にかがやく。わたしは君たちの悩みを追うまい。それはある月のある宵、家伝の金蒔絵の箱に閉じこめられてしまったのだ。誰のとも知れぬ葬列は蜿々としてつづくではないか。

　のちに「塔」と名づけたこの詩は、女性の没落という神話あるいは歴史を踏まえ、少女たちへの想いと決別の言葉からはじまっている。「女たちの地獄が下の方にある」というランボーの衝撃的な言葉も、心の底にあった。月はわたしの詩にしばしば現れるようになった。詩は次のように終わる。

忍耐が肝心だ。リラの花が海辺をかざるのは夜だけではない。月は虹のあいだに淫楽の砂地を見たのだ。葡萄の実はうれる。はなやかな仮装が地獄の道を通って行った。何時かえってくるとも知れぬ、だが祭りはたしかに酔いしれた鉄骨に不思議な作用を及ぼしたのだ。

全体にランボーの影響を見るのは容易だが、「希望《エスポワール》」での一年間の〝祭り〟が心の深いところに固まっていた感情を動かし、渦巻きを起こしたにちがいなかった。わたしはなにかが動きだしたことを感じ、この道を歩いていきたいと思った。絵を描いても劇評を書いても、内部の硬い塊は沈黙したままだったからだ。わたしは社会言語を努力して身につけていたが、それは敬語止まりだった。そして内面の感情は、ある意味で死んでいた。それが語りはじめないかぎり、自分と他人を隔てる膜は破れないと思えた。

この年、わたしは慶応義塾大学の二年に転学し、活動から身を引いて詩作と読書、女性論の勉強に没頭した。法学部からは医学部の試験を受けることができた。詩を書くためになにかほかのことで身を立てたいと思ったのだが、うまくいかなかった。幼時からねずみ恐怖があり、学生が解剖したモルモットの骨の陳列に恐怖したのだ。
「希望《エスポワール》」はこの年はじめて出した八月号で、国民文学論の特集をしている。この問題は盛んに議論されたが、近代のヨーロッパ諸国で俗語による国民文学の確立があったことを知って、ダンテの『神曲』に出会ったほか、あまり興味がもてなかった。一方花田清輝の『アバンギャルド芸術』（未來社、一九五四年）は、芸術創造の内部から語られる言葉につよい刺激を受けた。
『荒地詩集』も読みはじめていた。河出書房版の『現代詩体系』や平凡社の『世界名詩集大成』、創元社の『現代日本詩人全集』、三一書房の『プロレタリア文学大系』などをゾッキや古本で買い、上落合の書肆ユリイカに行っては伊達得夫さんから新刊の詩集を求めた。

「私は他者である」

最近リルケの詩などを書き写したスケッチ帖を見つけたが、その終わりにランボーについての文章がある。誰かの引用のようだが、ランボーの言葉だけを引いてみる。

「なぜなら私というものは他者です。たとえ銅がラッパになったとて彼の過失ではありません。次のことは私にははっきりしています。私は自分の思想の開花を見ている、私はそれを眺めている、それを聴いている、私は弓をひきしぼって放つ、サンフォニーは底ふかく鳴りひびき、人は舞台に飛びあがる……」（一八七一・五・十五 ドメニイ宛）

詩人はあらゆる感覚の、ながい合理的な錯乱によって見者になる。あらゆる形の恋愛、苦悩、愚行。それを彼みずから探求して、その精髄を保つためには、あらゆる毒をのみほす……。

「私というものは他者です」というこの言葉ほど、わたしにぴったりした言葉はなかった。それはまさに自分のことだった。この「他者」である自分を開花させ、明るみに出すこと、それがわたしの望んでいたことだった。

いまならはっきりいうことができるが、「他者」である自分とは「物」になった自分であり、自分のなかの生きられなかった、殺されてしまった自分なのだ。そこには最も良いもの、豊かなもの、生き生きしたものが死体となって横たわっている。自伝的長編小説『百年の跫音』（御茶の水書房、二〇〇四年）の下巻に詳しく書いたが、幼少期に受けた心の傷が自我に統合できない「他者」となって心の奥底にうずくまっていたのだろう。「私は他者である」とは、この他者を自分に引き受ける決意であり、宣言なのだ。

ランボーは「あらゆる形の恋愛、苦悩、愚行」を探求し、「あらゆる感覚の、ながい、合理的な錯乱」によって、他者の開花をかちとり、それに立ち会ったのだ。パリ・コンミューンへの二度にわたる家出も、ヴェルレーヌとの恋愛も、その「愚行」の一部だったにちがいない。

「他者」から「見者」への道は、「死」から「生」への、「物」から「自分」への甦りの道である。わたしが懲りずに文学運動に参加するのは、日常をこえて無意識を底から動かす化学反応のようなものを求めるからなのだ。わたしは「希望《エスポワール》」でそれを学んだ。

現代詩の入口に立って

わたしは日本近代の抒情詩とは少し別のところから詩を書きはじめた。抒情詩を読んでも感銘は薄かった。その意味では、現代詩に近いところから出発したといえるだろう。しかし「列島」や「荒地」を読みながらも、当時盛んに論じられたフランスの抵抗詩への関心から、野間宏のヴァレリー論やサンボリズム論へと移り、フランスの象徴詩について勉強した。竹内勝太郎を読み、ヴァレリーの詩論をノートに書き写したりもした。

戦後詩に惹かれながらも、わたしが野間宏の詩に立ち止まった一時期をもったのは、その詩に表れていた自然への感受性の豊かさと、十九世紀のサンボリズムの詩にはさすがにあまり感じられなかった現代的な苦悩の表情に魅せられたためだった。戦争は感受性を破壊する。いや感受性どころか人間そのものを破壊するのだが、軍隊に召集される直前の時期に書かれたその詩には、破壊されていない感受性が時代の重圧を受けてたわみ、苦悩しているのが感じられた。

野間の詩論からも多くのことを学んだが、とくに「ヴァレリーの「シャルム」について」におけるヴァレリーの詩の分析からは、具体的な影響を受けた。たとえば「膝のない下婢《しもづかい》たち」「顔貌《かおかたち》のない微笑」の並列から、わたしは具象のなかに具象を超えるものを、有限のなかに無限を、部分のなかに全体を浮かびあがらせる方法を学んだ。のちに〈頭のない疲労の／眼のない恥じらいの弾丸をこめて〉(「戦争期（少年）」)という詩句を書いたとき、わたしはそのことを意識していた。

一九五四年の末ごろ、わたしは〈現代詩〉の入口に立っていたようだ。二十一歳の最後の時期だ。十月から十二月にかけてのノートには、まず野間宏の詩論を引用しながら近代詩について考えている。

日本文学ほど生命の形態転換を行わせる力をもたないものはないのですが、それは結局、日本文学に、詩の伝統が確立されていないことによると思えます。つまり詩の最も重大な要素であるメタフォが、日本文学には全然といってよい程ないのです。

日本文学のこの貧弱さを打破るためには、どうしても、詩の復興運動をおこして、日本に近代詩を確立する以外に方法はないのではないかと思えます。そしてこれによって、現在の日本語の混乱した語法も、根本から整理されてゆくのではないかと考えられるのです。

新しい文学の動きの基調はいつも詩であったし、今後も、そうでなければならないでしょう。日本の明治文学に、詩の確立を見なかったということが、あの自然主義文学のひずみをつくったともいえるのですから、日本文学が、ほんとうに新しい世界文学として成立するためには、この詩の確立ということをよく考える必要があると思います。

（「詩精神の確立」）

新しい文学の創造を求めるために、過去の日本文学の欠陥が多くの作家評論家によって明らかにされながら、まだその根本的な欠陥、詩の野蛮についてはだれ一人として指摘するものがない。詩は日本文学にあっては、一の異物にすぎないのである。しかし、この詩を異物としなければならないという点にこそ、日本文学の扱いがたいひずみがあるといってよい。

（「詩壇時評」）

これは日本の詩について深く考えた人の言葉だと思う。戦後の文学は、はたして詩の確立を見ただろうか。

象徴主義を超えるという野間の主張に、わたしは同感だった。象徴詩人たちは現実の世界の〈彼方〉に絶対の世界をとらえようとしたのだが、わたしは現実世界のただなかに、あるいは底に、ふかく統一された世界を見出すことを望んでいた。それは現実世界に〈ない〉ものではあるが、現実の〈彼方〉にあるのでも、また詩人の孤独な内部にだけあるのでもなく、内部と外部を往復する詩人の行動や実践によってとらえられるはずのものだった。

「狼論争」をめぐって

慶応の日吉校舎から三田に移った一九五四年四月から、わたしは文学部の女子学生たちと知りあって「女性問題懇談会」をつくり、お茶の水女子大など他大学の女子学生と一緒に、第一回女子学生大会を開く動きに参加した。わたしが最も訴えたかったのは女子学生に就職先がないという問題だったが、世間の反響はほとんどなかった。大学の就職部には、女性が受けられる求人などはなかった。三井物産で働いている先輩を呼んで話を聞いたこともあったが、その感性をすり減らした様子からは、恐怖さえ感じた。

女性に門戸を閉ざしている社会にたいして門戸を開くよう要求するのは当然のことだが、自分が本当に社会に出て働きたいかどうかということは、それとは別の問題だった。わたしのなかにはそれを拒否するなにかがあった。今の言葉でいえば〝ひきこもり〟に近いなにかだ。

この年、「列島」の前年五月号に関根弘が書いた編集後記の波紋から、野間と関根とのあいだに「狼論争」が起こった。それは次のようなものだ。

抵抗詩という一種の型ができつつあることはあまり喜ばしいことではないと思う。五号を編集していてつくづく感じたことだが、狼と少年の話である。狼がきた、狼がきた、と云って人々をだましているうちに、ほんとうに狼がきたときに誰も救けてくれるものがいなかったという話である。植民地的現実に抗議している多くの詩に、その危険がひそんではいないだろうか？

サルトルは占領下のフランスについて書いている。それは僕らが想像していたのとちがい、まったく静かで、そして残虐だった。

メーデー事件とか松川事件とか有名になった事件だけが、事件なのではない。僕らは静かな惨劇をしっかりとらえなければならないであろう。階級、革命、人民、平和、これらは集団の合言葉であり、合言葉はとうぜん団結を要求するが、それに至る過程がもっともっと追求されなければならないのではなかろうか。さまざまに関係が追求されなければならないのである。

この後記は、わたしにはごく真っ当な意見と感じられた。野間宏はそのころ、「おお　にわとりはいま」「数知れぬ葉っぱをみがけ」などそれまでの象徴詩風から一転した詩を書いていた。後者は帝国主義を山の狼に、抵抗する人民を葉っぱにたとえた詩である。わたしは野間の関根批判「詩における自然と社会」（「新日本文学」一九五四年四月）から長い引用をしながらも、十月十七日のノートに「数知れぬ……」への疑問を記している。

野間宏からは、のちに部落問題という大きな課題を教えられることになった。

小野十三郎について

その後わたしの関心は小野十三郎に移っていった。十月十七日のノートには、「アヴァンギャルド詩人のうちでの小野十三郎の意義」と題してこう書いている。「アヴァンギャルドの無残な解体の中で、彼だけは崩れないで残っている。内部と外部を統一する（しかし行動においてではない、行動できない時代なのだから。抵抗の姿勢、主観を外部に投影する、外部にある自然物や社会物を以て抵抗の姿勢をくみたてる）方法を持っている唯一の詩人である。」

また関根弘の「首まつりの意識」（「列島」一九五四年七月）から、次の言葉を引用している。「小野十三郎は風景のメタフォア（隠喩）をさらに方法的に自覚して深めて行っている。つまり反自然的事物の観察がそのまま詩の抵抗の姿勢となった比類なき例を僕らはかれの作品のなかにみいだす。」十月十八日のノートには、小野について書いている。

小野十三郎の抒情の変革の理論が、春山行夫等のアヴァンギャルドの立場に立つ抒情否定論にくらべてはるかに普遍的な力をもって現代詩全般に影響したのは、どういう原因からか。日本人の自然との関係が変革されるモメントがここにある。自然との関係において抵抗が、つまり社会がとらえられている。しかもこの自然は、社会との関係の中でとらえられた自然である。

背景には、資本主義の発達による人間と自然との関係の変化（大阪の工場地帯が多くえらばれていることをみよ）と、階級闘争による人間と人間との関係の変化。前者だけでは抒情の質は変らない。階級闘争の中で人間の眼が変革され、自然を見る眼がちがってくるのである。物を物として見る。従来の日本人は物を物として見ない。——（これと封建的生産関係との関係はどうか）。

新体詩が伝統詩からひきずって背負っていた非常に古いものがあった。新体詩は近代詩確立の基礎をすえることができなかった。十三郎の主張はこの近代詩の盲点に食いついたという点で本質的である。それが天皇制権力への抵抗によって行われたという点でも法則的である。

新体詩の抒情の古さ、自然主義的発想（私小説につながる）が近代的な普遍的人間を詩の中に確立することなしにずっとつづいた。新体詩の発想の質を追求することは重要だ。口語自由詩に形式上の変化をとげても基本的には変らない。

金子光晴の位置はどこにあるか。伊藤信吉は、近代的自我に根ざす批判的精神が、国家権力と向いあったのは光晴が最初のことであった、などと云うが、はたして近代的自我なんていうものが確立していたのか。

十三郎の眼の鉱物的な冷たさは、当時の階級闘争の力（その高揚と後退）に制約されたものである。それは一九三四年作「軍馬への慰問」とそれ以後の諸作品との相違にあらわれている。後者は弾圧下での批判精神のもつ冷たさと崩れない形態をそなえている。大阪人のブルジョア的な気質が彼を他の多くの詩人のようには後退させなかった。しかし当然のことながら戦争中の詩は、未来への飛躍を含むものではない。

この時期、わたしは「希望《エスポワール》」を退いた竹内泰宏や何人かの友人たちと、江戸川橋のかれの家で『資本論』の読書会や明治維新研究会を開いていた。十一月ごろからの別の研究会では、自分についての文章を書いた。会員の大町芳倫がそれをガリ版刷りにしてくれたが、読者を予想したものではなかった。詩も内にこもり、自己分析も詩も過去へ過去へと遡行していった。

わたしは詩の〝形〟をつくることができなかったのだ。安部公房や安東次男の「現在の会」に参加したものの、「希望《エスポワール》」に代わる運動をつくることはできず、内面にこもり、詩を発表する意欲さえ失っていた。〈未来への飛躍〉どころか、低迷の時期であった。いくつもの詩が完成できないまま、ノートに眠っていた。

一九五四年の末、二十二歳の誕生日にわたしは研究会のノートに書いた。「今まで否定と反抗のためだけに使われていた私の言葉を変革してもっと本質的な文学の言葉、受身《パッシヴ》な言葉にしていきたい。からだごと受身である時は意識は逆に攻勢に出るが、本質的に生きる人間の言葉はもっと受身である筈だ。私にとって文学の問題はそこからしか始まらないと思う。」

妹の死

妹の高良美世子が十八歳で死んだのは、一九五五年三月二十四日のことだった。[*3] 最近わたしは妹がのこした手記のなかに、「愛されない子」「家に居場所がない」という言葉を見つけた。家族関係の歪みは日中戦争がはじまる前年、妹が生れたころからはじまっていた。わたしは妹を研究会にさそっていたが、彼女が真に求めていたのはそれではなかった。

わたしは雑誌「現在」五月号に、「花——死んだ妹に」という詩をはじめて発表した。

病気で寝こんだ一年間を経て、わたしは休学していた大学を中退し、別の道に踏みだすことになる。就職のための努力も放棄した。一九五六年六月中旬、横浜港からマルセイユ行きのベトナム号に乗ったとき、わたしは将来の計画をなにももっていなかった。

この船旅は、戦後の日本が切り捨ててきたアジアをわたしに教えてくれた。十一年前まで日本が占領していた地域を通ったのだ。ロルカやブレヒトを読み、孤独のなかで詩の〝形〟をつくることを学んだ時期でもあった。[*4]

はじめての詩集

帰国してまもなく家を出て、茗荷谷、教育大前の銀嶺荘というアパートに竹内泰宏と一緒に住みはじめた。そして当時京橋にあった近代美術館の事業課調査室に非常勤職員として勤めるようになった。手紙や絵のタイトルなどを英訳する仕事だった。このときのわたしには働くための充分な理由、いや必要があった。

永瀬清子さんの「黄薔薇」に外国で書いた詩を何篇か発表したあと、わたしは詩集を出したいと考えて上落合の書肆ユリイカに伊達得夫さんを訪ねた。伊達さんは以前よく詩集を買いにいったわたしを覚えていて、「あなたは成績がいいほうでしたよ」といった。

持参した原稿を読んで、伊達さんは「出しましょう」といってくれた。もちろん自費出版である。そのあとは神田神保町の路地裏二階の昭森社に同居していたユリイカの編集室へ行き、喫茶店ラドリオで具体的な打ちあわせをした。カバーには、姉の高良真木にデッサンを描いてもらった。タイトルは「昨日海から……」と「生徒と鳥」を考えていたが、名詞のほうがいいのではないかという伊達さんの意見を容れて、後者に決めた。

翌年二月に詩集『生徒と鳥』ができあがったとき、伊達さんはお祝いに近くの飲み屋でお酒をおごってくれた。わたしは二十六歳になっていたが、飲めない上にあまり親しくない男性と二人だけで飲むのははじめてだったので、話題に困った。「伊達さんのお名前の得夫って、どういう意味ですか」などとまのぬけた質問をし、「きっと親が得をするように付けたんでしょう」とかれが答えて、話題が途切れた。大陸から引揚げてきて書肆ユリイカを創始した伊達さんの苦労についてはなにも知らなかったが、そのアイロニカルな調子は印象にのこっている。ちっとも得をしてこなかった人なのだ。

その後、伊達さんにすすめられて「月と二人の男たち」という二十三行の詩をもっていったが、短い詩は組みにくいのか、「短すぎる」といわれたのにはびっくりした。伊達さんはそれを詩誌「ユリイカ」の一九五九年十二月号に見開きで載せてくれた。

翌年一月にわたしは結婚して上目黒に住み、また「ぶうめらんぐの会」の「詩組織」の会合に夏に出席したのがきっかけで、二号から参加した。伊豆太朗からの誘いの葉書には、「現代詩の会」の若手詩人が集まっている会だと書いてあった。「現代詩の会」にも入会し、雑誌

「現代詩」に詩を発表するようになった。

　次に伊達さんのところにもっていったのが、安保闘争のあとに書いた「場所」である。八十五行なら文句はあるまいと思ったのだが、それを「ユリイカ」一九六〇年九月号に出してくれたあと、伊達さんは病気で入院し、翌年亡くなってしまった。

　一九六二年末に第二詩集『場所』を思潮社から出版し、この詩集で翌年第十三回H氏賞をいただいた。まだ〈女〉の問題を表現することができず、生活的にも苦しい時期がつづいたが、日本じゅうが動いていた六〇年代という時代に詩が書けたことは、幸運なことだったと思う。

「物を、物自身をして語らしめる」ということは、いまもわたしの詩の方法であり、思想であり、目的でありつづけている。一九六八年には『物の言葉――詩の行為と夢』という詩論集をせりか書房から出した。この思想＝方法は、「物のなかに閉じこめられた過去の労働（人間が物に投げかける幻想もふくめて）を解放する」というマルクスの思想とも響きあっている。物を内側から解放する、といってもいい。物はかならず歴史との接点をもっている。しかし物質の解放は、現在、最も難しいところにきている。すべてがグローバルなお金の流れに巻きこまれ、支配されているのだ。

　わたしは文学運動をふくめた自分の生き方をも、できるだけこの思想によって貫きたいと心がけている。詩作以前のそれが、詩において最も大切なことだと考えている。詩作《ポイエシス》はかなり技術的な要素をふくんでいるが、実践《プラクシス》の基礎をもたない詩作《ポイエシス》は、言語という万人にひらかれたものを狭い自分だけのものにしてしまう危険をもっていると思うからだ。

＊1　「希望《エスポワール》」は広島の原爆を意識的契機として、一九四八年に広島で生まれた青年男女の文化運動誌である。東京版全十一冊と広島版四冊の復刻版が二〇一二年、三人社から発行された。
＊2　これらの詩や散文、後述するノートは『わが二十歳のエチュード――愛すること、生きること、女であること』（學藝書林、二〇一四年）に収録した。
＊3　高良美世子著・高良留美子編著『誕生を待つ生命

──母と娘の愛と相克』(自然食通信社、二〇一六年)参照。

＊4　この時期については竹内泰宏との往復書簡(『竹内泰宏著作全集』第2巻、御茶の水書房より近刊予定)参照。

(「詩と思想」二〇〇五年七-九月、Ⅱ章以後に加筆修正を加えた)

日本語と〈母の言語〉

嬰児期のことば

近年わたしは母親の高良とみの遺稿のなかに、自分の出生から一歳までの言語・行動・感情の記録をみつけた。そこにはわたしが嬰児期にしゃべっていた言葉が記されていたのだ。この記録をどう解釈するべきかわからなかったが、最近読んだスイスの生物学者で思想家でもあるアドルフ・ポルトマンの『生物学から人間学へ──ポルトマンの思索と回想』(八杉龍一訳、思索社)のなかに、よい手がかりを見出した。

誕生後早期の赤ん坊の言葉についてポルトマンは、誕生前の刺激を受けているものでありうるといい、「のちになってはじめてはっきりした有節音が形成されるようになると、パパ、ママ、ドド、ダダというような奇異な二重音がきわめて多いのが目立つ」「これは、母親の心臓のだす二重音を長く聞いて、興奮しつづけたためであると、あえて結論することができる」とのべている。かれはこの時期を「前言語的音声形成の時期」と呼んでいる。

　赤ん坊のわたしが有節音らしいものを発するのは、生後六十八日目のことだ。「ギンギンゲン、ウーケン」「ギャン　ギュン　アアーン　ウケン」、八十五日目には「ヘアー　ネンネン　ゲーン（唇音）」と記録されている。「ギンギンゲン」「ギャン　ギュン」「ネンネン」などという「奇異な二重音」のなかに、わたしは胎児として長く聞いてきた母親の心音を繰り返していたのだろう。まさに「前言語的な音声形成の時期」である。これは論理や脈絡はないがリズムがあり、母親との感情的な交流のある言語である。クリステヴァのいう〈セミオティク〉がこれに当たり、詩と深い関係をもつ言語プロセスだといえる。

　生後一二二日目、四ヵ月ごろのわたしは、「ドイツ語ノヨウナ濁音ヲ出シテ話シカケル」と母親は書いている。「クグヱーブーウン　ガーウンゲ」「エヱー　ケカー　アグェー　オー　ククエー」「ウングー　ウフン（濁音ヲ盛ニツカウ）」などの例が記されている。前言語的な音声を反復しながらも、人になにかを話しかけようとしていたようだ。このような滑らかでない音声、いや口や舌の動かし方が、気に入っていたのかもしれない。

沈黙の時期

　しかし赤ん坊が聞きつづける母親の心臓の音は、たんに耳からだけ聞えてくる「音声」ではない。心臓の筋肉の収縮、つまり鼓動をともなう音なのだ、太鼓の音のように。赤ん坊は耳からだけでなく、子宮膜や羊水を通してそれを感じつづける。しかも自分の意志ではなく、受身でそれを聞かされるのだ。その振動音を通して、母親の喜怒哀楽も感じとれるにちがいない。母親との感情的な交流は、快いものばかりとは限らない。それは赤ん坊の心身に、ときには快感、ときには不快感をともなって、いわば強制的に刻みこまれる音であり、振動なのである。

　赤ん坊にとって母親の心音は、デリダのいう原エクリチュールではないだろうか。クリステヴァが弁別符号、痕跡、指標、予兆、証拠、刻み目あるいは書かれた記号、押し型、絵符号などを意味するギリシア語のセメイオンから〈ル・セミオティク〉(前記号作用・母に托された領域)を考えたのも、理由がある。赤ん坊はこの振動音を「前言語的言語」として、その言語生活をはじめるのである。

さらにポルトマンはのべている。「個人の言語発達を区分してみると、生後第一年の五か月および六か月ごろの、わりあい目だって声を立てない時期が、非常に重要であることが分る。――というのはその時期は、前言語的な音声形成の時期と、伝統によって形成された社会言語をとくに獲得する時期とを、隔てるものだからである」(傍点高良)。

母の胎内で聞きつづけた〈母の言語〉と、伝統によって形成された社会言語である〈父の言語〉とのあいだに、なんらかの断絶があることは確かなようだ。

たしかにこの時期、「ブギーギー　ンガギーギー」(一五四日目、生後五ヵ月)などが記されたあと、笑ったり姉とふざけたり、母の乳を吸い出ないのに怒って泣いたりしたと書かれながらも、わたしの言語の記録は一七三日目まで途絶えている。「人ノ言葉ニ強ク興味ヲモッテ傾聴シ観察シ眺メテ驚イテイル」と記されるのは、生後二二三日目、七ヵ月半のころだ。まわりの人びとが言語をつかって互いに伝えあっていることに気づき、驚き、「社会言語」を学んでいるのだ。この沈黙の時期は、とても興味深い。

満一歳の誕生日には、「色々な要求をする時手を出し体をその方に向け眼をつかいチェーとかチャーデーといって、様々な発音をして示す。要求をする事が非常にはっきりして来てそれをみたしてやらないと怒る」とある。「チャーデー」とは「ちょうだい」のことだろう。社会言語を学習しつつ、身振りや眼の動きをまじえて自分の要求を伝えようとしているのだ。

しかしのちに聞き書きした母親の記憶によると、わたしは姉にくらべて「無口であって、言葉発達も少し遅れたかと思います」ということになる。〈母の言語〉から離れたくなかったのかもしれない。

〈母の言語〉と社会的言語

しかし〈母の言語〉と社会言語はまったく無関係なのだろうか。

工藤進『日本語はどこから生まれたか――「日本語」・「インド＝ヨーロッパ語」同一起源説』（ＫＫベストセラーズ、二〇〇五年）には、この問題にきわめて興味深い示唆を与える考察がのべられている。日本語で複数を表す言葉には、家々、山々、木々、蝶々、ジジ、ババなど繰り返しが多いのだが、それは必ずしも複数を表すとは限らず、強意と情動を表すことがあり、そこには感情がこめられているというのだ。繰り返しと強意・情動との関係は、詩や歌における韻やリフレーンを考えるとわかりやすい。

また万葉集の三三七に「憶良らは　今は罷《まか》らむ　子哭《な》くらむ　その彼《か》の母も　吾を待つらむぞ」（私、憶良、もう退出します。子どもが泣いているでしょう。その母親も私を待っているでしょう）という歌があるが、この「ら」は複数を表すのではなく、謙遜を表している。そして「子ら」という場合には親愛を表しているというのだ。どちらにも感情がこもっている。憶良の名前にふくまれる「ら」の繰り返しが、重韻の効果をあげ、情意を強めている。

一方インド＝ヨーロッパ語では複数がｓで表されることが多いが、これも起源をたどると反復的機能をもつ指示語に行きつくという。

宇津木愛子『日本語の中の「私」――国語学と哲学の接点を求めて』（創元社、二〇〇五年）にも書かれているが、日本語は主語を使わなくてもごく自然に自己の判断や情意を表出できる言語であり、それが他者との関わりのなかで対自化されない自己の表出であるところに特徴があり、また問題もある。情動の表出には適しているが、他者との関係における自己批評や討論や責任意識には向かないところがあるのだ。

言語構造が形成される古い時期から、下位の共同体（氏族や親族や村々）が上位の共同体（国家）の支配下に共同体ごと組みこまれて、個人が屹立することが少なく、その上外敵の侵入をあまり受けなかった日本の歴史の産物だろうか。しかし南北朝の動乱を経た室町時代には、日本語に主語の意識が生まれ、「が」という助詞が主語を示す助詞として一般化されるようになる。さらに近代化を経た現代の日本語は、論理的思考を表現できる言語になっている。

前記のような日本語の特徴は、これから一層変わっていくにちがいない。それでも日本語の元にある〈母の言語〉との結びつきは、長く保たれていくのではないだろうか。

生き生きと生きる女性は、妊娠したとき、胎児にもそのような鼓動や情動やリズムを伝えることができるだろう。

（「つむぐ」2号、二〇〇六年四月加筆、『世紀を超えるいのちの旅――循環し再生する文明へ』〔彩流社、二〇一四年〕に収録）

小野十三郎の「風景の思想」を読みなおす

歴史的抒情を求めて

I　近づいてくるファシズムへの怖れ――金子光晴「いなづま」

最近『人民文庫』[*1]復刻版を読む機会があり、終刊七ヵ月前の一九三七（昭和十二）年六月号で金子光晴の「いなづま」という詩を読んだとき、わたしはそこに軍国主義ファシズムが近づいてくる足音と、それへの金子の怖れとを、如実に感じた。旧字体を新字体にして引用する。

（一）

一九三六　七年

遠くで
いなづまが羽搏く。
のがれやうとしてもがく
蛾のやうだ。

その翼はしめつぽく
おびえ
おののき

どろ沼のなかで地平線は浮きつ、しづみつ
煙のやうに疲労たちこめた大地のはてを
かつかつと飛びあるくいなづまよ。

なにごとかをこつてゐる。あそこには
なにものかゞ血迷つてゐる。

血迷つたやつらが
あそこで
追いつ、追はれつしてゐる。
遠くで
いなづまが羽搏く。

（略）

あのはてからは、ゆるい列車の震撼が伝はつてくる。

あのはてで、湧く雲のやうに群衆がもくもくやつてゐる。

あのはてで、困憊したにぶい響を立てて、人が、重たい銃とともに立上がる。

あのはてはどこだ。
あのはては、壊れた階段とてすりしかないマドリッド
あのはては、鉄車の幻のうごく
氷原　ザ・バイカル。

あのはては国境
種族
対立する考の必死にせめぐところ。

遠くでいなづまが羽搏く。
のがれようとしてもがく
蛾のやうだ。

スペイン戦争のことが書かれているようだが、それだけではない。バイカル湖の東には「満州」があり、日中の「国境」がある。読む者は、なにかが近づいてくるのを痛切に感じたにちがいない。そして〈のがれやうとしてもがく／蛾〉を、自分自身のこととして感じたのではないだろうか。

この詩は感情がこもっているが、金子らしく広い視野から、鳥瞰的に書かれている。作者の怖れは伝わってくるが、作者と起こりつつある事態とのあいだにはまだ少し距離がある。直喩が用いられているだけ、余裕があるといってもいい。

2　より切迫した日常の場から——小野十三郎「初秋の詩」

しかし日中戦争がはじまったあと、終刊間近の十一号に小野十三郎が発表した「初秋の詩」は、もっと身近で切迫した日常の場から書かれている。読者に与える印象もより重苦しく、逃れようのないものだ。

降りさうでなかなか降らない。
今日も西の方に稲光りがした。
私の家でも毎日軒先に　国旗を出したり入れたりしてゐる。
むし暑いまゝにそんな日が幾日もいく日もいく日もつづく。
……………
……………
夕闇の中に人の背丈ほどものびたあれちのぎくなどの
　雑草の群落が鬱蒼と砂埃りをかぶつてゐる。
まことに物凄い繁殖力だ。
むし暑いまゝにそんな日の夕暮が幾日もいく日もいく
日もいく日もつづく。
風もない。暗紫色の
空を蔽ふて渡る蝙蝠の群と。

日常の風景が描写されている詩なのだが、〈人の背丈ほどものびたあれちのぎくなどの雑草の群落〉が次第にただならぬ雰囲気を漂わせはじめ、〈いく日も〉の繰り返しが重苦しさを伝え、最後の二行に至ると、風景描写が同時に時代の暗うつさと、作者の孤独な抵抗の姿勢を暗示するものとなる。そして〈西の方〉の稲光りや国旗の出し入れなど、風景や動作の一つ一つの要素が意味を帯びているのに気づく。

六月号の金子の詩からつづけて読んでいくと、〈のがれやうとしてもがく／蛾のやう〉であった主体が、逃れようのない日常生活のなかに腰をすえ、暗く孤独ではあるが、動揺のない抵抗の場と決意と表現を定めたかのような読後感を、読む者に与える。

その意味で小野の「初秋の詩」は、金子の「いなづま」より主観を排して書かれていながら、より積極的であり、外界を描写していながら作者の内面をより積極的に表しているということができる。もはや直喩でたとえる余裕はなく、作者の内面はそのまま物と化し、風景と化して、時代に対峙しているのである。この詩を読んだとき、わたしは小野の「風景の思想」が軍国主義ファシズムへの抵抗の詩として、読者に生きて働きかけるのを臨場感をもって感じることができた。

3　風景の思想を変革する

小野十三郎は『詩論』[*2] 30のなかで、風景について次のように述べている。

> 詩人は、風景というものがたしかに一つの思想であるということを暗黙裡に是認している。或いはそこに歴史を見、伝統の姿を見て、その外面的表情に殆ど満足している。そのかぎりに於て、日本の詩人の感性は一つの頂点を極めているといってよい。しかしそれだけでは私はどうも物足らないのだ。風景が一つの思想であるとするならば、それははたしてどんな思想であろうか。それは微動だにせぬ一つの固定観念であるか。なおそれ自体の中に未知不測の暗黒を残して成長しつつある思想であるか。（略）「人間臭い風景　風景のヒューマニズムは完全に温帯的な産物である」と岡本潤

は言っているが、現代の多くの詩人たちにとって、風景の思想というものは、このヒューマニズムを一歩も出るものではないのだ。

小野は「風景」が人為的なものであること、いいかえればそれが歴史の産物であることを、よく認識している。かれは「風景の思想」を発見したのでも、否定したのでもなく、おそらくそれを変革しようとしたのだ。そのためには新たな「風景」が見出されなければならなかった。それがかれのいう「物質」であり、「物」なのである。小野はいう。

> 詩人は予め一つの定位置に設定された物体や物象によりも、むしろ偶然的に随所に発見する物により深い純粋な象徴を見る。詩人の空想力が最も活発に働きかける物は、概してそういう非定着的な偶然的なものである。
> （「詩論」20より）

このような「風景の発見」は、小野の戦争中の詩集『大阪』[*3]や『風景詩抄』[*4]に、すぐれた成果を結実させている。[*5]それはこの時代の日本語が肩をいからせた漢文調や古語に侵されていくなかで、ときには文語を交えながらも、科学を味方につけつつ情緒に流されない「物質」の孤塁を守っている。

山がある。
それはやや富士に似ている。
あるいは富士そのものかもしれぬ。
含銅硫化鉄の大コニーデ。
夏日天を仰げば全山の岩肌黒光り。
はげしく水墨に抗して
霞を吐かず。
（『風景詩抄』）

4　抒情の変革という課題——歴史的抒情へ

この詩「山」は、日中戦争中の一九四〇（昭和十五）年十一月、「歴程」十三号に発表された。奇しくも同じ年、花田清輝は「追いつめられると、ひとは否応なしに物質にむかって接近していくものだ[*6]」と書いている。

わたしはこの詩を、「列島」二号（一九五二・五）の座談会で花田清輝が「物そのものをして語らしめる」諷刺の例として引用しているのを読んで感動し、そこからいわばわたしの〈戦後詩〉がはじまったのだが、同時に小野の作品や詩論から、また時代そのものから、抒情の変革という課題をも受けとっていた。

しかし抒情をどのように変革したいのか、どのような抒情を求めているのかということになると、明確な指針はどこにも見出せなかった。わたしが漠然と考えていたのは、「歴史的抒情」ということだった。

それは〝歴史的現実を生きる人間の抒情〟というほどの意味なのだが、その考え方の根もとには、戦前の詩人たちが歴史的現実をまともに生きていなかったのではないか、そこから逃げていたのではないかという疑問が横たわっていた。それ故に詩人たちは戦争に抵抗することができなかったのだし、そのような詩人たちに養われてきた日本人の抒情そのものが、超国家主義や皇国史観に利用されるような抒情でしかなかったのではないか。

またそれ故に、「お前は赤まゝの花やとんぼの羽を歌ふな」と書いた中野重治や小野十三郎は、歴史的現実と対峙したとき、抒情批判（反抒情主義といってもいい）に向かわざるをえなかったのではないだろうか。戦前の（また戦中の）日本の抒情は、歴史的現実に立ち向かわない、それから逃避した抒情であり、小野はそのような抒情を〈短歌的抒情〉と呼んだのではないだろうか。

戦争という現実と対峙したとき、小野は非情な物質の「風景」を発見し、そこに自分自身の存在を（感情もふくめて）こめることができた。しかし戦後になって、新しい抒情を求めたとき、もはや新しい「風景」の発見によってこの要請に応えることはできないように思われた。わたし自身、さまざまな試みを通してわかってきたことだが、「風景」と歴史的抒情とは相容れないものがあり、歴史的抒情を生きるためには、「風景」を踏み破り、そのなかを生き、その向こう側に出なければならないのだ。

5　風景は一つの価値転倒である——内的人間の発生

柄谷行人は『日本近代文学の起源』[*7]のなかで、「風景」は近代になって見出されたものであり、そこには根本的な倒錯があると述べている。西欧の近代絵画における風景の出現は以前からいわれていたことだが、柄谷によれば、「風景」が日本で見出されたのは明治二十年代である。二十年代の「写実主義」に風景の萌芽があるが、そこにはまだ決定的な転倒がない。江戸文学からの絶縁を典型的に示すのは、国木田独歩の『武蔵野』や『忘れえぬ人々』(明治三十一年)であり、とりわけ後者は、風景が写生である前に一つの価値転倒であることを如実に示している、という。そして『忘れえぬ人々』の主人公の語りを引用しながら、柄谷は次のように述べている。

ここには、「風景」が孤独で内面的な状態と緊密に結びついていることがよく示されている。この人物は、どうでもよいような他人に対して「我もなければ他もない」ような一体感を感じるが、逆にいえば、眼の前にいる他者にたいしては冷淡そのものである。いいかえれば、周囲の外的なものに無関心であるような「内的人間」inner man において、はじめて風景がみいだされる。風景は、むしろ「外」をみない人間によってみいだされたのである。

たしかに一八九七(明治三十)年に出た島崎藤村の『若菜集』には、「いく山河《やまかわ》をながむれば」(「おえふ」)、「千鳥鳴くなり夕まぐれ」(「おくめ」)というような江戸文学の残滓が見られるが、その四年後に出た『落梅集』のなかの「小諸なる古城のほとり」になると、柄谷の指摘する、「孤独で内面的な状態と緊密に結びついた」風景が現れてくる。「旅人の群《むれ》はいくつか／畠中の道を急ぎぬ」と書かれてはいるが、旅人たちは風景のなかの点景にすぎず、作者(うたい手)は旅人たちに関心をもっていない。かれは「内部の人」なのだ。

暮れ行けば浅間も見えず
歌哀《かな》し佐久の草笛《くさぶえ》
千曲川いざよふ波の
岸近き宿にのぼりつ
濁り酒濁れる飲みて
草枕しばし慰む

この最終連（第三連）の抒情は、現実から切り離された語り手（うたい手）の嘆きをうたった抒情である。読む者は〈歌哀し佐久の草笛《くさぶえ》〉という詩句から、わずかに佐久の農民たち、あるいは子どもたちの暮らしを想うことができるだけだ。

6　小野の「風景」にも価値転倒がある

時代は下るが、小野十三郎の「風景」にも価値転倒、倒錯は存在している。戦後のエッセイ「風景論の意想」*8を読んでみよう。

小野はこのエッセイで、「風景そのもののおそろしい呪縛と倦怠を物語る書物」として、リルケの風景画論を検討している。そしてポール・ヴァレリーが投げかけた風景画への疑問を引用しながら、リルケの『形象詩集』から『ドゥイノの悲歌』にいたる精神的発展のなかに見られる「一種の宗教的悲願のようなもの」にたいして、「これがぼくにはがまん出来ないのだ」といって徹底的な批判を加えている。

リルケの「神」はもちろん世俗の神ではない。多くの詩人たちがみな申し合わせたようにいつかは必ずその方向にひきずられてゆく大宇宙の観念だとか虚無の観念だとかと結びついている宗教性である。ヴォルプスヴェデの画家たちに見られる抒情性が、バルビゾンの人たちよりもはるかに冷たく硬質で、一見非情な純粋さを持っていながら、しかもなおそのことの中に天上的な光がさしているのは、風土の湿潤をも反映して、絶えず靄を吐いているような日本的自然の中の「神」をいやというほど見なれているぼくらには非常に興味がある。ぼくらは、或る時代、この日本的湿潤の中からさえ抜け出すことが出来たならば、その中の「神」から開放され得るだろうと思っていた。それによって象徴されているあらゆる非人間的な桎梏や呪縛を解くことが出来るだろうと想像していた。云わば精神風土学や風土哲学をへんに過信したところがそうはゆかないことがわかったのだ。モンスーンにはモンスーンの神がいるように、砂漠には砂漠の神、牧場には牧場の神がいるのである。人間は、単に、風土や国土の環境から、主観的に逃脱したつもりで、他の土地の自然に想いを奔せても、そのことでは、ぼくらは何ものからも自由にならない。湿潤の中にいる神は、乾燥の中にもいる。(略)しかも、かかる風景や森羅万象自体が、未来の自然に立ち帰ろうとするとき、それに対して絶えず「神」の観念を注入しようとする人間が、いたるところにいて、それがつまり詩人とか見者だとか云われる人間だ(傍点高良)。

ここで、小野はほとんど風景否定の直前にいる。かれが〈風景〉を〈未来の自然〉に立ち帰らせようとしていたことは確かだ。しかし小野は次のように書いて、「風景」のもつ一つの〈転倒〉に立ちどまるのだ。

しかし、リルケは、彼の風景画論の思索と心理の迷路から抜け出す反対の出口を、別の可能を、彼自身の選択をもれた一つの方法を挙げることによってぼくらに残している。彼が案外あっさりそこを素通りし、放棄してしまったリアリストの苛酷な残忍な蓋然性、ここから、この時間から生まれるファンタジーがつまりそれだ。

風景の上におっかぶさっている汎宇宙的宗教的朦朧性を払拭する手だては、どうもこの方法以外には無さそうである。

7　重工業の側に立つ

このような「リアリストの苛酷な残忍な蓋然性」が、みずからの戦争中の風景詩の中にあることを、小野は別のところで認めている。まず詩集『大阪』のなかの「葦の地方」を引用しよう。

遠方に
波の音がする。
末《うら》枯れはじめた大葦原の上に
高圧線の弧が大きくたるんでゐる。
地平には
重油タンク。

寒い透きとほる晩秋の陽の中を
ユーファウシャのやうなとうすみ蜻蛉が風に流され
硫安や　曹達や
電気や　鋼鉄の原で
ノヂギクの一むらがちぢれあがり
絶滅する。

この詩について、小野はのちにこういっている。

　この詩は一見、とうすみ蜻蛉やノヂギクの側に立って、重工業の悪を告発しているように見えますけれど、発想の動機はむしろそのようなかれんなものによって象徴される私の中にある一切の感傷を白日下にひっぱり出して絶滅させてしまいたいという願望だったと言ってよろしい。[*9]（「わたしの創作過程・葦の地方」）

ノジギクなどの自然のイメージが「一切の感傷」の暗喩であり、詩人主体はそれらを絶滅させる重工業の側に立っていたことを、告白しているのだ。しかし繊細な感性と情感に支えられたこれらのイメージは、喩であることを越えた存在感をもっており、逆の読み方もできる。重工業とノジギクの一むらは、同じ比重をもって対立したまま、対峙している。ここにあるのはもはや「内部の人」の見た「風景」ではなく、古いものが滅び、新しいものが未だ生まれない転形期における現実である。

　しかし小野は、戦争中の一連の風景詩についての倉橋健一の次のような批判を受け容れて、峻烈な自己批判を行なっている。倉橋は「これを少し意地悪い見方で読み直せば、苛烈な戦時体制下の現実として国策化されたイメージになっていないとはたしていい切れるであろうか。ぼくには〝苛烈な現実とは抵抗の実態である戦争〟から〝戦時体制下の苛烈な国家主義的現実〟と置き換えることが容易な気がしてならず[*10]」というのだが、小野はこれを受けて、「このように価値転換をなさしめる要素が、この詩（「葦の地方」）をはじめ、戦争後期のわたしの作品のかなりな部分にある。いかなる空想次元で、自分本来のものと信じる思想と感情の純度を守っていっても、それが逃避であるかぎり、若い鋭敏な心の持主からそういう判定を下されても仕方がない。天皇帰一思想から生産性理論までの適用がここでは可能だ」[*11]というのである。ここでは近代詩の宿命ともいえる「風景」による時代へのぎりぎりの抵抗とその限界を、小野が明晰に意識していたことが示されている。それは「風景」の資源を使い果たしたあとでの、「風景の思想」への小野自身による断罪ともいうことができる。

　戦後の小野十三郎は新しい抒情を求めながら、「風景」を壊し、あるいはその中へ入っていこうとしたように思われる。しかしここから先はもうわたしたちの問題である。

8　生の現場をとり戻す

　小野十三郎はみずからを物質に、非情な「風景」に化すことによって戦争に抵抗した。わたしたちの戦後の詩は、小野の「風景」にさえあった「転倒」を再転倒することができただろうか。明治三十年代以降の「風景」のなかをくぐり抜け、踏み破り、その向こうへ行くことができただろうか。いまも「風景」のリアリズムを信じている人たちもいる。しかしそれは柄谷もいうように、ロマンティシズムの楯の一面に過ぎないのだ。

　西脇順三郎ばりの「風景」の抒情も、相変わらずつづいている。自分を都会的な風景の一部にして、軽みのなかに浮遊している詩人たちも多い。さすがに詩人にはいないようだが、時代の行きづまりを象徴する非情な犯罪の横行にたいして、安手な「神の観念」を注入しようとする政治家や新興宗教家が最近目立っている。そうした傾向にたいして、非情な「風景」によって抵抗することはもはやできない。「非情」そのものの内実を問い、それを内側から壊していかなければならないだろう。

　戦争期の「風景」をくぐり抜けること、それは「風景」としての戦争をくぐり抜けること、いいかえれば戦争を「風景」からとり戻し、生の現場、行為の現場としてとらえ直すことを意味している。ブレヒトが戦後〈ああ俺たちは／やさしさの基礎をつくろうとしたのだが、／俺たち自身はやさしくなれなかった〉と詩「後から来る者たちへ」で書いたような抒情は、そこからのみ生まれたのだ。

『戦争と罪責』*[12]のなかで、精神科医の野田正彰は、戦争が日本人の心に硬化、こわばりをもたらし、とりわけ悲しみを感じることのできない感情の麻痺をもたらしていることを、さまざまな例をあげて明らかにしている。戦争に行って中国大陸などで残虐な行為をしてきた人たち(その中には捕虜の生体解剖などをごく日常的な業務として行なってきた医師たちもいる)が、人間として自分の過去の行為に向き合うことができず、向き合ってこなかったため、自分の子どもたちにも経験を伝えられず、心の交流をもつことができない、そして悲しみを感じる心を抑えつけているうちに年をとり、うつ状態になっていく。しかもそういう硬ばった心は戦争へ行った世代だけに止まらず、二代、三代と受けつがれていくというのだ。

戦争は被害者の心に大きな傷を残すが、加害者の心にも傷を残す。過去の加害行為に人間として向き合わず、命令されたから仕方がなかったとか、戦争だから当たり前だなどと考えているだけでは、人間として、個人として生きたことにはならない。心は硬ばったままで、うっ積を溜めこみ、うつ状態になっていく。

ヴェトナム戦争におけるアメリカ兵や第二次世界大戦におけるドイツ兵などと比べても、日本兵は残虐行為によって精神的に傷つくことが少ないという。この指摘は衝撃的だが、説得力をもっている。「日本軍隊の強さとは、言葉通り不死身の強さと言えるかもしれない。身体は傷ついても、心は傷つかない不死、すなわち感情麻痺の強さである」と著者はいう。

9 感情を抑圧する社会の歪み

野田によれば、一九七〇年代になって中高年男性のうつ病、さらに自殺の傾向が顕著になったが、その後も減少せず、つづいて会社人間、過労死、過労自殺が問題になっている。これら中年になってうつ病になる人の病気前の性格として、「執着気質」や「メランコリー親和型性格」が提起された。下田光造がかつて説いた「仕事に熱心、徹底的、正直、几帳面、強い正義感や義務責任感、胡麻化しやズボラが出来ない等で、従って他から確実人として信頼され、模範青年、模範社員、模範軍人等と賞められている」*[13]性格である。

このような気質は、明らかに集団への順応を強いる社会が期待したものである。社会の鋳型にはめて作られた性格である。それは権威と秩序に向かって硬直しており、他者との感情交流に向かって生きていない。そして感情を抑圧してきた社会の歪みは、若い世代にもつづいている。感情交流を拒否し、他者のちょっとした言葉や態度に「傷つく」を連発する青年たち。かれらは深い悲しみとたんなる好き嫌いを弁別する能力さえもっていない。……到るところに、精神的に傷つかない人々の仮面がある。

以上は野田正彰の言葉だが、日本の詩人が歴史的抒情を生み出し得ていない原因と結果とを、精神構造面から適確にいい当てている。

戦争に加担し、他者との感情交流を拒んで集団への順応を強いる社会に適応してきたのは、男性ばかりではない。しかし女たちの生こそは、男性詩人（作家）たちの描く「風景」のなかに「もの」として閉じこめられてきたのではないだろうか。そして女たちもまたそのような男に見られ、利用されるものとしての生を内面化して生きてきたのではないだろうか。だからこそ女の生は、「風景」からとり戻さなければならない重要な生の現場なのである。

10　生母を「風景」の奥深くに封印

小野十三郎は自分の出自について、芸者の子、妾の子に生まれ、そのことを恥とはおもわなかったが、「母のごとき生き方を強いられるような女はやはりもう一人もいなくならなければならないと思う」[14]と語っている。しかし小野の詩には、「風景」のなかからとび出して生きはじめる女性の姿は描かれていない。小野は、「人の妾となり、次々に生まれた子どもを他人の手に渡し、とどのつまりは男にも捨てられてしまう」ような生き方しかできなかった生母を、「母に親子として心からの愛情をおぼえたことはなかった」というその愛情とともに、「風景」の奥深く封印してしまったのではないだろうか。

近代の「風景」が否認し断ち切るのは、このような親子きょうだいや他者への愛憎をふくみながら歴史を生み出していく自然の循環、生命の循環なのである。[15]それは小野のいう「汎宇宙的宗教的朦朧性」とは似て非なるものだ。

11　「風景」のただなかを生きる女の痛み

最後に、男性社会の生み出した「風景」のただなかをくぐり抜けて生きなければ自分を取り戻すことができない女の痛みを書いた、渡辺みえこの詩「痛い」[*16]を引用したい。

何も映さない
静かな湖面のような顔
近づくと
さざ波のような
細かい傷のような
薄い皮膚
その女の皮膚の波は
ふとした風にも揺れた
揺れれば傷がめくれる

痛い
痛いと
その女《ひと》は言った
食べることが痛い
聞こえることが痛い
感じることが痛い

痛さでしか近づけない針鼠のように
抱き締めるほど
同じ深さに針が食い込み
流れる血で互いを間近く感じられた
痛さだけが生きたことをつなげ
同じほどの痛みで許しあった朝には
傷だらけの体を忘れた

詩の日本語、そして人びとの日本語が、なまぬるいミルクの上の薄皮のように表層的な自己満足でみずからを覆おうとしている現在、このような詩は、想像の日本語共同体の基底に亀裂を走らせ、そのことによって日本語を更新する力をもっている。

わたしたちは小野十三郎という詩人を、「風景の思想」とその限界をぎりぎりまで生きることを通して、「内部の人」であることをやめた詩人、その脱出の地平に新しい抒情の源泉である〈未来の自然〉をかいまみた詩人として、とらえ直すことができる。

＊1　一九三六年三月から三九年一月まで、人民社から発行された文芸雑誌。「文學界」の一部や文芸懇話会、「日本浪漫派」などの超国家主義的傾向と、軍国主義的な文化統制に対抗して、武田麟太郎を中心に、高見順、本庄睦男、荒木巍《ぎょう》、新田潤、田村泰次郎、円地文子、大谷藤子、田村虎彦、渋皮驍、那珂孝平らがここに拠り、武田たちは散文精神による批判的リアリズムを唱え、「若ものの暴《あば》れん坊の野党的グループ（高見順）として活躍したが、人民勢力再建の一中心と目され、弾圧を受けて廃刊した（増補改訂『新潮日本文学辞典』新潮社、一九八八年）。

＊2　真善美社、一九四七年。

＊3　赤塚書房、一九三九年。

＊4　湯川弘文社、一九四三年。

＊5　ここに見られるような近代科学への親和性は、注＊10の引用文にある「生産性理論」（生産力理論）と無縁ではないが、ここにはその面は表れていない。

＊6　「童話考」『文化組織』一九四〇年一月、『自明の理』一九四一年に収録。

＊7　講談社、一九八〇年。

＊8　詩論集『短歌的抒情』創元社、一九五三年所収。

＊9　「国語教育」所収。

＊10　この発言は小野十三郎『奇妙な本棚——詩についての自伝的考察』（第一書房、一九六四年）に著者自身があげている。

＊11　前掲書。

＊12　岩波書店、一九九八年。

＊13　「躁うつ病について」「米子医学雑誌」一九五〇年三月。

＊14　＊10に同じ。増補新版は立風書房、一九七四年。

＊15　「歴史的抒情」というとき、わたしが考える一例は与謝野晶子の詩「君死にたまふことなかれ」だが、ここで

晶子は彼女を育てた堺の商家の伝統と肉親愛に拠って、国民国家の国民皆兵の思想と制度に抵抗する思想と感情の核を見出している。

＊16　詩集『声のない部屋』思潮社、二〇〇〇年所収。

（「昭和文学研究」41集、昭和文学会、二〇〇〇年九月、原題「「風景」の向こうへ——歴史的抒情を求めて」、加筆して「新・現代詩」創刊号、二〇〇一年六月、夏号に再録）

詩人論・作品論

高良留美子の詩

大岡信

この詩集の中に次の詩がある。

窓のすりガラスの上で　樹木は絶えず入れかわる影の厚みだ　街の奥行きのなかから繰り出されてくる風の織布が　窓ガラスのところに到達するとき　影はスクリーンの上で死滅しながら　つねに繰り返される演技を披露する
影の交代の合間から　一つの声が語りはじめる「わたしは物と物とのあいだの一つの空隙だ　かれらの結束と排斥が　出口のないかれらの包囲が　わたしの自由を至るところであらわにする　それがわたしを眠らせない　わたしは毎日毎時それと向きあう」
さらにもう一つの声が　影のなかから語るだろうか　わたしはその言葉を知っている「おまえがどんなに速く走ろうとも　おまえの宿命より先へは行けないだろう　だからおまえの歩みを一瞬とめて　わたしの声を聴け　おまえの超越とおまえの嫌悪とを　おまえの宿命の前にひろげて見せる　そしてどんな幻想ももつな」
窓のすりガラスは風に鳴り　部屋のなかにいる女の姿を照らしだす　その敗北から　その狂気から　男たちは戻ってくる　死者たちの影が列をなして　その上を静かに過ぎる

（「樹葉」）

詩集『恋人たち』は高良留美子の第四詩集にあたる。『生徒と鳥』（一九五八）、『場所』（一九六二）、『見えない地面の上で』（一九七〇）の既刊三詩集に続くこの詩集で、高良留美子は「現代詩」と「うた」とのあいだにある断絶をのりこえるために力をつくしていると感じられる。「恋人たち」「花瓶」「アフリカ」「指紋」「出航」「港の五月」「夢の街道」「そのとき」「焼跡で」「麦と汗」「房総風景」などの作に多かれ少なかれ見られるのは、作者が日本の現代語によって、五七や七五の調子とも、民謡やわらべうたの調子とも別の調子、つまり観察的なまなざしや思弁的・内省的な物言いを不自然でなく包みこんだ上で開放的でありうるうたの調子をつくりだそうとしている努力である。私は右にあげた諸作の中では「麦と汗」が最も好きだが、作者はむしろ「恋人たち」「花瓶」「アフリカ」など巻初にかかげられた作に愛着が強いかもしれない。

「樹葉」は、これらの作とは異り、もう一つの作「椅子」とともに、高良留美子の作品系列の中ではむしろ第二詩集『場所』の流れにたっているものであろう。『場所』の詩については、詩人自身が詩集あとがきにしるした言葉があって、そこには次のようなことが書かれていた。

「自分が物になる危険をおかして、物と自分とが入れ替る瞬間、対象が物になり、物がイメージになる瞬間をとらえようとしたこれらの試み……」

「われわれをとりまく現代のものと人間との関係のなかで、物への根源的な自由をとり戻そうとする試み、言いかえれば象徴主義・シュールレアリスム以後の詩の可能性の一方向を探るひとつの試み……」

『場所』のころ、詩人はフランシス・ポンジュの詩に共感をもち、その作品の翻訳ならびに理論的紹介をしているが、ポンジュへの関心と、『場所』における試みは、密接につながっていたであろう。ついでにいえば、高良留美子が関心をもった他の外国詩人にロルカやブレヒトがあって、私の不充分な知識による判断では、初期詩篇からこの『恋人たち』にいたるまで、とくにロルカの詩に対して、高良留美子は永続的な共感をもっているように感じられる。たとえば「樹葉」においてさえ、「街の奥行きのなかから繰り出されてくる風の織布」のような詩句にみられる空間感覚や対象の質感のとらえ方(「繰り出されてくる風の織布」)には、ロルカの詩が感じさせるそれらに相通じるものがあると私には思われる。このことをもっと説明すれば、詩人としての高良留美子の視覚ならびに触覚の成立ち具合の中には、曖昧なものを排し自然を空間的にも量塊的にもこまかく分節化して見入ってゆく性向があるということである。そして、おそらくこの事実が、一方でロルカ、ブレヒトのような詩人に、他方でポンジュのような詩人に関心をいだき、別の資質の人なら感じたかもしれない関心相互の間の分裂を、高良留美子があまり強く感じなかったらしいことをも説明してくれる。なぜなら、曖昧なものを排し、自然を空間的にも量塊的にもこまかく分節化して見入ってゆくという点に焦点をおいてみるなら、ロルカとポンジュという、一見きわめてかけはなれた詩人たちのあいだに、共通なものを見出してゆくことも可能だからである。

そして私は、さきに引用した『場所』あとがきの中のいわば詩法宣言のごとき言葉よりも、むしろ詩人自身の作品にあらわれるこういう資質の特性に強い興味をそそられる。

さて、はじめにいきなり全文を引用したままになっている「樹葉」だが、詩集全体のなかではむしろ異質な面がまえをもっているこの詩を引用したのは、「影の交代の合間から」語りはじめる「一つの声」の、語っていることに注目するからである。

声はまず語る。「わたしは物と物とのあいだの一つの空隙だ　かれらの結束と排斥が　出口のないかれらの包囲が　わたしの自由を至るところであらわにする　それがわたしを眠らせない　わたしは毎日毎時それと向きあう」

この「一つの声」を発する主体は何だろうか。それは影を見ている人間の意識がとらえた、非人称的ではあるがたしかに人間の言葉で語りかけてくる声であり、絶間なしに動く影のイメージに誘い出されて影のむこう側に転移し、むこう側から他者性を帯びて主体にむかって語りかけてくる超自我の声であるように思われる。それは、「物」の包囲にあって自由を失う危機を刻々に経験している自我の、危機意識の結晶としてあらわれた声、「自我」対「物」の「関係」の意識そのものと化した声だろう。

ここには、「自由」というものを、「物」の不断の包囲攻撃にさらされた人間の、鋭い関係意識の働きの場そのものに見据えようとする詩人の態度がうかがえるだろう。それは、物になりきることも、観念になりきることもできない人間存在が、たえず自分の存在理由や行為の根拠を問うために立ちかえらねばならない生の原点といってもよいものだが、その原点とは、けっして物として実体化することのできない、持続する意識の働きそのものなのである。「自由」は実体でも既成品でもありえず、けっして眠ることのできない危機意識という形でしかあらわれることがない。「毎日毎時」向きあう、物の包囲の中にしか、「自由」はないのである。

　この危機意識そのものとしてあらわれる自由の悲壮な孤独に、観念的に陶酔する道をとるなら、それは行きどまりのロマンティシズムを激発させて終るだけであろう。また、この常時目ざめている危機意識に背をむけ、物の側に埋没して安定を選ぶなら、そこにはいかがわしい唯物主義や怠惰に堕した自然主義のおとし穴が待ちかまえているだけであろう。

　高良留美子の右の詩句の背景には、このような認識が横たわっているだろうと思う。

　それゆえ、この作品が、自由というものの困難さを悲壮な語り口で語ることはありえず、事実、「さらにもう一つの声」は、次のように語るのである。

「おまえがどんなに速く走ろうとも　おまえの宿命より先へは行けないだろう　だからおまえの歩みを一瞬とめて　わたしの声を聴け　おまえの超越とおまえの嫌悪とをおまえの宿命の前にひろげて見せろ　そしてどんな幻想ももつな」

　最初の「声」は「わたし」についてのみ語ったが、この第二番目の「声」は「おまえ」に対して語っている。この「おまえ」が何者なのか、実は私にはよくわからないところがあるのだが（たぶんそれは、地の文の叙述主体である「わたし」を指すのだろうが、この「わたし」と、最後の一節に出てくる「部屋のなかにいる女」とは同一人であるのかどうか、やや心もとないと感じるからである。私はこれを同一人と見たいのだが、あるいは別人かもしれない。しかし別人なら、地の文の叙述主体である「わたし」の輪郭は、いちじるしくぼやけるおそれがある）、今はこの「声」の語った言葉に注目する。この言葉には、「宿命」「超越」のような、おそらく高良留美子の詩ではこの詩にしか出てこないのではないかと思われる語があって目を惹くが、それらの語、さらには「嫌悪」「幻想」のごとき語をも用いて、詩人がここで声に語らせているのは、第一の「声」が語っていた危機意識そのものとしての「自由」を自覚した人間の、現実へのあるべき対応の姿であろうと思われる。「どんな幻想ももつな」という言葉には、さまざまな意味を賦与して読むことができるが、この言葉を発する「声」が、希望の側からくるものか、絶望の側からくるものかという疑問をさえ越えて、「どんな幻想ももつな」という命令形の言葉は、ここでは凜と響く。

私はあるいはこの作品を誤読しているのかもしれない。少なくとも作者の意図は、こういうところとは別のところにあったかもしれない。「窓のすりガラスは風に鳴り」以下の、最終節に漂っている孤独な雰囲気は、この作品が書かれたときの作者自身の精神状況がどんなものだったかについて知りたい思いを誘うが、それは不可能であろう。そういう不安も含めて、私はこの作品を誤読しているかもしれない。しかし、私には上述のように読めるし、そのような読み方をしてみると、この作品が、高良留美子という詩人の詩ならびに生活における、創造的な契機というものの在り様をよく示している作品だと思われるのである。

思潮社版現代詩文庫の『高良留美子詩集』は、今度の『恋人たち』をのぞく全詩集といってもよい内容のもので、それに付された岡庭昇の作品論、滝口雅子の詩人論は、それぞれ高良留美子の詩の世界を語って示唆に富むが、滝口さんの文章に次の一節があって、私としてはここで引用してみたい思いに駆られる。

「高良留美子は従来あった女性の詩人の型とは違っているようである。どういうふうに違うかは両方の詩を並べてみれば明瞭である。今まで女性の多くは自己円心の円環のなかで、華麗な羽根をひろげたのであるが、高良留美子になると、もはやそのような円環は見られない。彼女にあるのは常に自分と他人――もの――との関係にそそがれる目であり、その関係をあたらしく見直し、あたらしい関係を創ろうとさえする目であると思われる。そのために高良留美子には、すべてのものは同じ地面の同じ平面上にあるのであって、彼女自身も自分以上のものでもなく、自分以下のものでもないという考え方がごく自然にあるようである。そこから、彼女の朝明けの霧のような爽快さが生れてくる。」

高良留美子について語りながら、語る人自身の落着いたまなざしまで同時に語り得ている文章だが、私がさきに引いた「どんな幻想ももつな」という言葉に、滝口雅子の「自分以上のものでもなく、自分以下のものでもない」という言葉を重ね合わせてみたくて、実はこの一節を引いたのである。

私はあまりに長く「樹葉」一編にかかずらってしまったようだ。しかし、高良留美子の詩には、そういうふうにこちらに強いてくるものがあるのだ。それはこの詩人が、みずからも詩論や詩集あとがきの類でしばしば示しているように、方法論的にも詩史論的にも、きわめて自覚的にみずからの詩の世界の座標を設定し、意図を明確に表明し、結果についてもまた将来の目標についても語ろうとする姿勢を保ちつづける、意識的な詩人だからである。

この詩人は、いわゆる抒情性にみずからの詩を浸すことを、じつに注意ぶかく回避する。それはきわめて意識的になされているようであるが、同時に、そこには、この詩人が、自伝的な文章の中でも時折り語っているように、「女性」であるという自然的条件に対して、若いころ（いやむしろ、少女期から）、かなり長い期間にわたって、怨みに近い感情をもってきたらしいことも関わっているように思われる。こうしたことは、一般的にいえば、必ずしも抒情性への徹底した警戒心に直結しない。しかし、高良留美子の場合、おそらく、女が語るいわゆる女言葉のごときものに対してさえ、強い嫌悪をもっただろうと想像されるほど、その思考は合理主義的であり（それゆえ、彼女は女性詩人の中でほとんど唯一人、論争に適した文体の散文を書く詩人なのだ）、抒情というものが多かれ少なかれ露わにする、作者自身の肉体的・自然的な属性への、ほとんど本能的な嫌悪が彼女の中に形づくられていたとしても不思議ではないと感じられる。

私は高良さんには数度しか会ったことがなく、言葉を交したことはもっと少ないように記憶する。彼女をよく知る人々が書いているように、この詩人は非常に無口な人という印象を与える。しかし、彼女の書く文章、とくに理論的な文章の印象はむしろその反対である。おしゃべり、という感じではないが、抽象概念をあらわす漢字をふんだんに駆使して書くとき、この詩人は勢いづいてみえる。彼女が夫の作家竹内泰宏と議論するとき、フランス語や英語をまぜて、しだいに早口になりながら討論し、疑問を出し合ってゆくさまを、滝口雅子が前掲の文章で書いていて、「この二人が一つ家のなかで仕事をすることは、引き算ではなく、掛け算になっているのだ」という滝口さんの感想は、まことに的確に思われるのだが、高良留美子の理論的文章は、たしかにそういう知的生活の産物らしい、ひたむきな潔癖さをもつ。

ただ、この詩人は、『場所』の刊行後ころから、ある奥深い変貌を示しはじめたという印象を私はもっている。『見えない地面の上で』や今度の『恋人たち』の少なからぬ詩に、子供を産んだ母の立場で書いた詩や、学童疎開時代あるいは戦後の焼跡で生きた時代の回想を核にした作があり、さらに自然界の天然現象や植物の世界への優しい接近を示す作がふえている。それらが私に与える印象をひとくちでいえば、「成熟」という平凡な言葉が最も適しているが、この言葉は、前述したような高良留美子の資質を背景にして理解されねばならないことはいうまでもなく、したがって、その上に、「かちとられた」という形容をつけてもいいような「成熟」なのであり、透明さをその主要な属性とするものなのである。

そういうことと関連していえば、比較的新しい高良留美子の散文にも、私は同じような印象をもっている。思潮社版詩集に収録されている、失語症治療病院のルポルタージュ「失われたことばを求めて」とか、新刊の『文学と無限なもの』に「わたしと女性」の題名で集められている四編の短文などに、「女性」という自然的条件を、敵意をもってでなく眺めることができるようになった成熟した女性の言語論、女性論を読むことができる。こういう変貌をうながした要素の中には、さらにアフリカ、アジアの詩人、作家たちとの接触による、「日本」への新たな視点の獲得という要素も含まれると思われ、それは直接この『恋人たち』のいくつかの詩の成立とも関係あることだろうが、それらにふれるべく、もはや紙数が尽きたのを残念に思う。ただ、高良留美子がここで「うた」の問題にあえて接近しようとしていることは、上述のような、抒情性への彼女独特の警戒心という事情を背景において見るとき、詩人自身にとって大きな意味をも

ち、賭けの要素さえ含んでいるだろうということだけを、
走り書きしておきたい。

（高良留美子『恋人たち』跋文、一九七三年山梨シルクセンター出版部刊）

歴史の追求と再生

麻生直子

〝新しい時代〟の理想と現実

大人たちは生きることに追われていたので
新しい時代がきたのに気がつかなかった。
真先にそれに気がついたのは
子供らと鳥たちだった。
子供たちは街じゅうの木という木に登って
歓声をあげた。
（…）
十年の月日は彼らの顔に
大人の表情を刻みこんだ。
新しい時代も年老って　それが人びとに
幸福をもたらさなかったことは明らかだった
人びとはふたたび古い時代の声に
耳を傾けるようにさえなっていた。

しかしかつての子供たちは
かれらが見たものを信じていた。
この灰色の時代のなかで
かれらが守らなければならないもの
かれらがつくらなければならないものが
なんであるかを知っていた。

（「新しい時代」）

高良留美子は一九三二年十二月に東京で生まれた。幼少期に日本は十五年戦争の時代であり、太平洋戦争がはじまった学童期には、都内の転校や、栃木県や、茨城県内の山間地に集団疎開、勤労奉仕などを体験。十三歳の四月には東京で空襲に遭い、縁故疎開の後、県内の女学校に転入学する。八月十五日の敗戦を経て、十月にようやく下落合の家に帰る。

人格形成のもっとも大切な時期に、少女が体験し、凝視した現実と理想の意味を核に、世界との対話を始めた詩人の出発を、詩「新しい時代」は瑞々しく映し出す。後に、散文詩篇や、エッセイ「廃墟のなかから」などにも叙述されるが、小説『発つときはいま』（一九八八年）、『いじめの銀世界』（一九九二年）で、子供から大人への成長過程と自我形成を、戦中戦後の少女の体験として、リアルに描きだしている。大人に対する不信や飢餓感。理不尽に偏った教育と家族からの孤絶、新しい時代への渇望。

高良留美子は、東京芸大の画学生となり、河本英三がはじめた東大駒場での文化運動誌「希望《エスポワール》」に参加。慶應義塾大学法学部への転入学など、友人たちと資本論研究会や明治維新研究会を開くといった積極的な研究活動をはじめる。さらに戦後文学の作家たちを読み、〈社会や文化の問題を家族や男女や性というような根本のところから考えて新しいものにしていこうとする意欲があり、人間の全体的な解放〉を意識したと記している。

父は神経科医として医院を開業。母とみはコロンビア大学で博士号を取得した心理学者で、帰国後は日本女子大で教鞭をとったほか、インド婦人会議に出席。タゴールとの親交、ガンジーを師とし、戦後初の参議院選挙で当選するなど、女性の活動家でもあった。当時、国交のないソビエト、中国を訪問し、帰国後のそのフィーバーぶりは、高良留美子の『わが二十歳のエチュード』（二〇一四年）に、日記形式で興味深く書かれている。母との葛藤、妹の死、読書に没頭する日々の記録。難解な哲学書や文学書の読解と異論を克明に記録し、知的欲求と、心理的に分裂する自己表現の狭間で病気におちいっていく。そんな彼女を救ったのは、母との壊裡の渡欧旅行であったとおもう。

　二十四歳（一九五四年）の春、当時、パスポートも入手困難な時代に、母と同行の船旅で、植民地時代の傷跡が残る東南アジアの各地を寄港しながら、パリに滞在。スイスやイタリア旅行も体験する。ほぼ一年間に渡るこの旅で、ポオ、ランボー、ロルカ、ブレヒトなどを読むとあり、その出会いが、いかに若い彼女の知的好奇心を満たしたかは想像に難くない。

　帰国後の第一詩集『生徒と鳥』（一九五八年）の出版。

　詩「新しい時代」に登場した〈子供たち〉は、詩集では〈生徒〉としてこの世界に現れる。鳥（自由）に導かれながら、場所（土地）や木（主）をめぐり、傷ついた魂をかかえながら自由への言葉を取り戻そうとする。

　たとえば、加藤周一著『抵抗の文學』（一九五一年、岩波新書）の書中、エリュアール自身が「途絶えざる歌」を〈自己の生涯と自己のイデーの歴史を要約する〉作品と語り、「それは鳥それは子供それは岩それは平野」のなかで〈そしてわたしは孤りではない／わたしの千の似姿がわたしの光を増やすのだ〉を引用。さらに「自由」では〈生徒の手帖に学校の机や樹々に／また砂の上雪の上にも／ぼくは書くお前の名を〉〈野に地平に／鳥の翼に／また影のある風車小屋の上に／ぼくは書くお前の名を〉、その終連〈ただ一つの言葉のおかげで／ぼくはもう一度人生をはじめる／ぼくは生れた　お前を知るために／お前をよぶために／／自由よ。〉（加藤訳）を紹介している。そのエリュアールの影響が、高良留美子の詩集『生徒と鳥』のなかに見ることができる。

　土ぼこりをたてて生徒の列が行く
　（空にはつめたい光があった）

生徒の制服の胸のおくにも
ひえきった小鳥の死があった
熱風にまかれて夜明けの空を
燃える街に落ちた鳥の死が。

（「生徒と鳥」2）

かつて、自分たち子供が体験し、目撃したもの。自らが変革していく個性の再生と、言葉を取り戻すために、古い歴史観から脱出し、行為の主体へ向かう夢。それは、第二詩集『場所』（一九六二年）の主題ともなる。

区分され　正確に切りとられたこの土地で
おびただしい小石の一つ一つはいま
明確でするどい影をおびはじめるだろうか？
われわれはそのもののようなその存在で
虚無を磨滅させるのだろうか？
われわれは大挙してここにいる　かれらと共に
かれらを見とどけることが必要だから

（「場所」）

六〇年安保闘争を経た時代の、人びとの結集と解体の挫折から、高良留美子は、詩が感情で書かれることよりも、イデーの裏付けや、運動の意識化をはかること、たんなる実用性や道具性に還元されない言葉の意味の有用性を根本的に考え直そうとした。長篇詩「場所」は密度の濃い言葉を重ねて、それまでの女性の詩にはみられない方法論で〈われわれの存在〉や〈われわれの存在の欠如〉を訴える。そうした主体論は、サルトルなどに代表される実存主義の哲学でもあり、土地や小石といった無機質なものの捉え方は、ロルカのイメージであり、ポンジュの詩集『物の味方』で紹介された〈物の投企《プロジェクト》〉や、弁証法の駆使を想起させる。彼女の豊かな教養と実験をともなう内声化された言葉は、詩の生命線でもあった。

その意味で、詩論集『物の言葉――詩の行為と夢』（一九六八年）の刊行は、戦後詩史の画期的存在を示した。

西洋文学の影響として、フランスの〝人民の魂〟の良質な部分をもっともナイーブに讃え、感覚化した例を、茨木のり子に見るとすれば、高良留美子には、フランスの芸術家たちの自由への抵抗運動や文化運動の理論的影響をみる。

詩集『見えない地面の上で』（一九七〇年）には、〈私はここで、いわば他者性によって根底まで侵入された主観性の立場から出て、人と物、生きているもの同志のあいだにあり得るかも知れない親和力の可能性を発見することを考えていた〉（「あとがき」）とある。三十歳代のその間に、恋愛や結婚、出産、育児を経験し、〈女であることの強迫観念〉や〈女としての生活への悪意を止揚〉した、内なる感性のやわらいだ抒情詩も生まれる。

ふたつの乳房に
静かに漲《みなぎ》ってくるものがあるとき
わたしは遠くに
かすかな海鳴りの音を聴く。
（「海鳴り」）

一本の木のなかに
まだない一本の木があって
その梢がいま
風にふるえている。
（「木」）

また、堀田善衛、島尾敏雄、大江健三郎、竹内泰宏らとアジア・アフリカ作家会議ニューデリー大会に出席。会議のテーマは「共存から相互発見」であった。帰途、ソビエトや中央アジアを回る。それらの経験から、かつて母との船旅で、香港、マニラ、サイゴン、シンガポールなどの寄港地で目撃した、東南アジアへの日本軍侵略の爪痕の深さをあらためて追体験する。

作家大会での経験は、その後、アジア・アフリカの詩人や、アラブの詩人の翻訳紹介、インドのタゴールの詩の共訳など、先進的に世界との詩的対話の回路を拓いてゆく。

かつてロルカが故郷を離れて半年余りニューヨークで暮らした経験から、〈根のある文明〉を視つめ返したように、高良留美子もまた〈根のある文化〉を視つめ直す。

抒情性の解体と再構築

詩人自身の感性や伝統を決定づけている文化を解体し、人と言葉の相関関係を理論化しながら、高良留美子は抒情や情緒の歴史観を再構築しようとする。

詩集『しらかしの森』(一九八一年)で、民衆に歌い継がれてきた〝わらべうた〟に、歴史的現実のアイロニーを見いだす。かつて関東地方を覆っていた常緑の照葉樹林の大地に、異民族との豊かな交流を育んでいた古代人の生活様式を詠う詩篇が見られる。詩「多摩川」では、織り上げた綾絹を、女たちが〈川のほとりの　砧《きぬた》の上で/かれらのふるさと/高句麗の　やり方で　はたはたと　はたはたと〉流れにさらす。そうした万葉集の耀《かがよ》う歌の原形は、やがて豪族や朝廷に奪われる〝もの〟として、布や娘たちの存在を抒情化する。崇高な技術者である鍛冶氏族などの生産者が支配体制に組み込まれ、差別化される過程や〈土地〉と〈人間〉が権力によって収奪され、結果的に、古代からつづく、この国の経済的近代化と天皇制に結び付くヒエラルキーを映す。詩集『しらかしの森』は、作者自らが踏査して、埋もれた地霊の声をも捉えた秀れた抒情詩集であると思う。

詩人の目は、日本の近現代史に組み込まれた文学者や、思想家たちの評論活動にも向けられる。例えば戦後詩論として、「荒地」「列島」はじめ、西脇順三郎、小野十三郎、吉本隆明論などに取り組み、その近代主義を通して、現代詩の表現の可能性と問題を投げかける。

高良留美子は詩人として〈自己の存在の偶然性と現実の上にたえず自分をくりだし、つくり変えていく主観性〉を求めていく。詩が、自己救済の道ではなく、社会全体への切なる働きかけを通して、人間と世界との関係に向き合おうとする。そうした姿勢が、詩集『仮面の声』(一九八七年)では、国内をめぐる旅、メキシコの旅。ロスアンゼルスでクネーネの家を訪ねる旅。その中で経験する戦争悪や人種差別、女性蔑視など、時代の闇深く抱える矛盾や文明の仮面を引き剝がす。

産むという漢字は
女が坐産をしているところを表したものだ　と
聞いたことがあったかなかったか
(…)
小屋の前には細い川が流れていて
女はそこで米をとぎ　ご飯を炊く

かつては産小屋を出る日
日本海の夜明けのなぎさで
波をかぶり　波をくぐった
死の世界から　甦るために
女はそうやって産み
産みつづけてきたのに　その産道は
ついに原子力発電所までつづいていたのか　（「産む」）

高良留美子は「未来の文明への架橋」（自選評論集『高良留美子の世界』全六巻、一九九二〜三年）の序文の中で、〈人間はあまりにも深く解決しがたい矛盾を、文明の毒を、この地球上に蓄積してしまった〉とその歴史と未来を問う。

新川和江は〈男性の領区とされてきた評論の野にしなやかな脚で踏み入り〉〈これからの人類にとって大切な自然と人間の関係を、思想の基礎にしっかりと据えて〉きた高良留美子の偉業を讃える。

歴史の追求と再生を理論化した戦後現代詩の詩人たちの先鋒にいつも高良留美子の詩と評論があった。私は、自分自身の生き方を考えるうえで、澄明な流水で自らの翼や目を洗い、再び翔び立つ鳥や生徒のように、それらの論考から〝姉たちの力〟ともいえる多くの示唆を得た。次世代へと継承されるべき詩人の英知の世界がある。

（「高良留美子論」『現代女性詩人論』土曜美術社、一九九一年刊より大幅改稿）

「母の庭」を超えて
社会的母性への出発

中村純

突き刺さることばというものがある。そのことばは、人の精神を揺さぶり、心を定位置に落ち着かせない。深いところから湧き上がってくる怒りや悲しみ、温度、手触りが、読む者の心身を覆ってしまう。書き手である詩人が、幻視のように目の前にたち現れたような近しさでやってくる。私は詩人のことばを、声を、向き合わせで全身で聴いている。

高良留美子さんの「コインロッカーの闇」は、そんな詩だった。虐待により子どもが命を落とすたびに、私の鳩尾の辺りから、低い声でこの詩が聴こえてくる。

コインロッカーに閉じこめられ　捨てられた赤んぼうよ／きみの産衣《うぶぎ》／はじめてのきみの　鉄の産衣は／柔らかすぎるきみの肌に／冷たかったか　暖かかったか／制服を着た男たちが／きみを外に連れ出したとき／青空の瞳は／きみにやさしかったか／コインロッカーのなかで／コインロッカーのまわりで／わたしたちの闇は深まっていくばかりだ／コインロッカーのなかで／コインロッカーのまわりで／わたしたちの荒廃は深まっていくばかりだ／だから　きみを救う者は誰もいなかった／百円硬貨と引き換えにされた／きみの生命《いのち》は永遠に戻らない

私は目眩とともに、暗い鉄の箱に閉じ込められた。酸欠で遠ざかる意識の中で、赤ん坊の私は、冷たく固い産衣にやわらかい肌を剝き出しにして、駅の雑踏に耳を傾けた。百円が落ちる音が耳に残る。立ち去った女。扉が閉じるとき、私は見たのだ。そう、それは女だった。

二年前に出産し、子育てを日々経験している私の心身は、この詩との関わり合いを拒むわけにはいかなかった。ぬきさしならない詩《ことば》として、私に対峙を迫る詩。私はこの詩に鳩尾を刺されたまま、子どもの食事を作り、子どもの笑い声を聴き、子どもの柔らかな肌を抱いて眠った。

幾許かの恐怖――それは私自身の「母性」への懐疑から生じている――を抱きながら。

一九七〇年代、コインロッカーに捨てられた赤ん坊たちの事件は、おそらくご自身も子育て中だった高良さんの心身を捉えて離さなかっただろう。この詩からは、慄然として凝視した詩人の鳩尾から湧き上がった怒りと悲しみが立ち上がっている。

高良さんは、「コインロッカー・ベビー――孤立化する子産み」(『見えてくる女の水平線』御茶の水書房所収)という評論の中で、この詩の背景について語っている。

コインロッカーでの子殺しが急激に目立ちはじめたのは、一九七三年からである。この年の一一月には第一次石油ショックが起っている。六〇年代からはじまった日本の産業の高度成長が頂点に達し、そろそろ頂点を過ぎようとしていた矢先に、日本人の子殺しも一種の構造変化を起し、その無機的で非情な外観によって人びとを驚かせたのだった。

高良さんは、立ち去った「女」の母性の欠如にすべての責任を負わせる一般化された常識を疑う。

子捨てや子捨てにいたるような離婚が行われているのは女性の自立＝離婚というようないわばカッコいいラインの上ではなく、それ以前の、むしろ女性が自立できないような事態が子どもにとって悲劇的な離婚を生み出している、という事実であった。(略)

もしほんとうに子どもたちの幸福を考えるなら、母親にちゃんとした職業を与える一方で、社会による養育ということをもっと考えるべきではないだろうか。

(同評論より引用)

コインロッカーに捨てられた赤ん坊たちは、生きていれば私と同世代の子どもたちだった。あれから四十年。ネットカフェのトイレや都市のワンルームマンションなど、共同体から切り離され、匿名性のある空間での子どもの遺棄と虐待、母性を支える社会的な資源が崩壊している時代の子殺しは、現在も続いている。

高良さんは、「母性」を徹底して凝視し、疑い、検証し、再定義して出発した詩人である（もちろん、高良さんの仕事は、戦後、アジア、世界文学と政治、女性史・詩など、その視座は無限の広がりを持つが、このエッセイは、「母性」に集約して書いていきたいと思う）。

共同体が穢れとして忌み、同時に神聖視した分娩を、産小屋の歴史やアニミズムとともに女たちの側から捉え直した「山の神」。ここには、孤立した個人的な「母性」によってではなく、いのちを持つ万物に抱かれて産む女のイメージと、山の神が立ち去る現代文明への批判が見て取れる。

「海のなかにいる母のように」「もう二度と」は、産みの子どもへの個人的独占的母性ではなく、社会にあるすべての子どもたちに注がれた社会的母性によって書かれたものである。

詩集『風の夜』では、亡母への思慕とともに、母の庭の中で「すでに世界と和解するすべを失くし／ひとつの異物となっていた子ども」（「見出された小路 1」）である少女の自分を発見する。うつろな母の家に帰ってきた詩人はつぶやく。「そこがわたしの終《つい》の棲家だと／誰がわたしに告げたろう？／だがわたしが帰ろうとしていた／母の胎は　もはやない／／わたしはそこに戻ろうとしていた／死ぬための　墓として／もう一度そこから生まれるために／ころさずに　やり直させるために／母を産むために」（「風の匂い」）

そして、詩人はふと思う。「わたしの一生は／この小路で遊んでいた少女の／夢だったのだろうか」（「見出された小路 2」）。母の庭の求心力に引き戻される久方ぶりの帰宅。そこには、母との葛藤、乗り越えられない存在として覆いかぶさってくる母の大きな存在が影を落としている。「母をころそうとして／ことばの矢をつがえていたことがあった／／秩序の胸もとにつきつける　一筋の／白刃になろうとしたことがあった」（「母ごろしの唄」）。そして、その母が旅立ったとき、詩人は母性からの解放を経験したのではないか。

麻生直子は『現代女性詩人論』（土曜美術社）所収の「高良留美子論」の中で、「高良留美子は、あくまでも〝私〟としてある感覚や感受性までも徹底して疑い、否定してみたうえで、さらに〈否定性を徹底して生きることを通してひとびとのなかに生き返る〉詩（言葉）を欲求したのである。」と述べている。

徹底して思考する中にこそ真の解放がある。そのよびかけは、自らの創《きず》と向き合ってきた詩人のことばだから、読む者にとっても痛く、幾たびも立ち上がってくる生命を持ったことばなのではないか。

母の骨壺を抱いたとき、母を抱いたと思った詩人はつぶやく。「母を抱くということの逆説のなかに／わたしの生のすべてが凝縮していた」（「母を抱く」）。

ここに、またひとりの女の出発がある。高良さんは、何度でも問い直し、出発する詩人である。

敗戦を体験した多感な子どもとして出発した思春期。すべての価値体系が崩されていく時代の変化を見つめ、行動する詩人として、麻生直子が指摘したように、高良さんは自らの感覚や意識までも血を流しながら引き剝がし、疑い、新しい価値や対話や感性を社会に問うた詩人である。そこに、高良さんの創、創作の原点があるように思う。

高良さんの自伝的小説『百年の跫音』の最後、妊娠中の江利子が英二に、もし女の子が産まれた場合、母と自分の葛藤の歴史を繰り返すのではないか、という怖れを語る場面がある。英二のあっさりとした否定のあと、江利子は思考する。「女たちが何万年ものあいだ繰り返してきた出産と、それにつづく子育ての分業こそが男女の亀裂の胚胎する場所であり、その矛盾が現れる場である。子育てを男女で共有し、家庭をひらかれたものにすること、それを考えることが彼女の次のテーマだ。」そして、高良さんは、江利子が子どもを生んでまもなく書かせた詩として、高良さんの代表作と言ってもよい作品「木」を置いて、小説を閉じ、再び出発する。「すべてが未知なもの、まだないものを準備し、生みだそうとして身じろぎをしている」詩として。ここに、私は高良さんの肉声を聴いたような気がした。

一本の木のなかに／まだない一本の木があって／その梢がいま／風にふるえている。／／一枚の青空のなかに／まだない一枚の青空があって／その地平をいま／一羽の鳥が突っ切っていく。//一つの肉体のなかに/まだない一つの肉体があって/その宮がいま/新しい血を溜めている。//一つの街のなかに/まだない一つの街があって/その広場がいま/わたしの行く手で揺れている。

(「木」)

私は子どもの笑い声の気配が残る食卓で、これを書いている。男との昨日の諍いの気配も残っているかもしれない。高良さんが、食卓の斜め向かいに座って詩を朗読している幻に捉われる。硬質で論理的で痛く、そして深く優しい。高良さんの詩はいつも新しい。四十年のときを経ても、読むものの心身を奮い立たせ、出発をうながす。私も創だらけの足で出発しよう、幾度でも。向かいの詩人は静かに笑んだ。

(2010.8.24)

現代詩文庫 224 続・高良留美子詩集

発行日・二〇一六年十月二十日

著 者・高良留美子

発行者・小田啓之

発行所・株式会社思潮社

〒162-0842 東京都新宿区市谷砂土原町三―十五

電話〇三(三二六七)八一五三(営業)八一四一(編集)八一四二(FAX)

印刷所・三報社印刷株式会社

製本所・三報社印刷株式会社

用 紙・王子エフテックス株式会社

ISBN978-4-7837-1002-8 C0392

現代詩文庫 新刊

201 蜂飼耳詩集
202 岸田将幸詩集
203 中尾太一詩集
204 日和聡子詩集
205 田原詩集
206 三角みづ紀詩集
207 尾花仙朔詩集
208 田中佐知詩集
209 続続・高橋睦郎詩集
210 続続・新川和江詩集
211 続・岩田宏詩集
212 江代充詩集
213 貞久秀紀詩集
214 中上哲夫詩集
215 三井葉子詩集
216 平岡敏夫詩集
217 森崎和江詩集
218 境節詩集
219 田中郁子詩集
220 鈴木ユリイカ詩集
221 國峰照子詩集
222 小笠原鳥類詩集
223 水田宗子詩集
224 続・高良留美子詩集
225 有馬敲詩集
226 國井克彦詩集
227 暮尾淳詩集
228 山口眞理子詩集
229 田野倉康一詩集
230 広瀬大志詩集